第一夜 第二夜 最后一夜

[日] 村上龙

栾殿武 译

上海译文出版社

目　录

第
一
夜

Melon au jambon de Bayonne

贝约那香瓜 配黑胡椒火腿

这道菜的特色是香瓜浓郁的水果芬芳与生火腿的熏香交织融合，
具有丰润调和的品味。
添加黑胡椒更能体现出独特优雅的风味。

◇◇◇◇◇◇◇◇◇◇◇◇◇◇◇◇◇◇

"是矢崎先生吗？很抱歉突然打电话给你，是不是要称呼你先生？我是你初中的同班同学青木美智子。"

今年夏天我筹划举办一场音乐会，正在准备散发给媒体的新闻稿时，接到了这个电话。听到乡音格外亲切，青木美智子这个名字更让我回忆起了往事，不由心潮澎湃。青木美智子是我的初恋情人。说起来初恋这个词最近很少耳闻，不知从什么时候起已经销声匿迹了。

"还记得我吗？"

"当然啦。"我随口答道，不过我怀疑对方是否真的是青木美智子。我们大概已经二十年不通电话了。我是作家，偶尔还导演电影。我怀疑这是当今流行的电视节目的恶作剧表演。

"你是不是正忙着？要不要我回头再打电话？"

很遗憾我已经忘记了她的声音，不过想起来也并不奇怪，二十多年过去了，这期间我听到过无数个女人的声音。

"我回头再打给你吧？"

"不用，没关系。"我回答道。如果真是青木美智子，那可太令人兴奋了。青木美智子曾经多次徘徊在我的梦境之中，每当她闪现在我的睡梦中，醒来时都会有一种伤感。这种女人在我的生活中可以说为数不多。

"你现在在写小说吗？"

"是啊。"

"什么小说？是黄色的吗？"

"啊?!"

"你的小说不是很多都有些色情吗？不过我只读过两本。"

听她说我写的小说大多是色情的，我受到了很大刺激。

"不是，我正在写散发给媒体的新闻稿。"

"什么？媒体？"

"就是散发给媒体的新闻稿。"

"什么意思？"

"我正在策划一场音乐会，准备邀请古巴的乐队，要把介绍这个乐队的文章寄给报社和杂志社做宣传，我正在写文稿。"

"古巴？"

"是呀。"

"你去过古巴？"

"最近一直都去，已经去过好几趟了。"

"是吗？怪不得呢！记得你从前总是谈起古巴。"

我感到十分诧异，那是因为我最近才发现古巴音乐的旋律优美，并非青木美智子所说的那样过去就一直钟情。难道我在初中时谈起过古巴音乐吗？我刚想问她，青木美智子却岔开了话题。

"你最近是不是常来长崎？"

"去长崎也只是到豪斯登堡，因为那个古巴乐队也要在豪斯登堡举办音乐会。"

"下次什么时候来？"

"还没有最后决定，我每个月去一次，大概是下周或下下周。"

"我现在住在长崎。"

我二十多岁获得小说大奖时，青木美智子还在平户当老师。

"你下次来豪斯登堡时，我们能不能顺便见一面？我可以去豪斯登堡见你。"

从长崎市区到豪斯登堡，开车大概不到一个小时。

"你挺忙的，打扰你实在不好意思，很想和你聊聊。"

"你要是陪我吃顿晚饭的话，那可以。"听我这么一说，青木美智子笑了。

"豪斯登堡里有一个法国餐厅叫'爱丽达'，我们在那里吃饭吧，味道很好。"

"是西餐大菜吧？"青木美智子爽朗地笑道，"西餐大菜这个词听说过，但不是开玩笑，是谈正事时说这个词还是第一次。"

上初中时，我们的生活里根本不存在西餐大菜这个词。初恋这个词已成为古董，而西餐大菜这个词则变成了现实。

"我那个时候说起过古巴吗？"最后我问青木美智子。

"是呀，你说过好多次。"她对我说，"你对大家说长大以后要当大夫，去古巴支援革命。"

我那模糊的记忆逐渐变得清晰起来。

"你是不是寻思着今天要准时赶到？见到你按约定的时间坐飞机来，我很高兴，但也有点意外。"

每次在机场迎接我的都是那个名叫中村的高中学弟。中村在长崎经营一家演艺公司，我过去开讲演会和参加其他活动时，曾经三次没有赶上飞机，难为了他好几次。

长崎机场地处大村，到豪斯登堡开车要四十分钟，我很欣赏这里的景色。开车奔驰在公路上时，我常常要欣赏左边大村湾秀丽的风景。大村湾是我见到过的世界上最宁静的海湾。

"今天有二三十人参加会议。"

中村知道我最近热衷于古巴音乐，便建议在豪斯登堡每年举办的音乐节中策划一个古巴音乐专场。泡沫经济破灭之后，日本国内大型演艺活动的预算普遍缩减，豪斯登堡也不例外，但我的计划却意外地获得了批准，这次就是去说明要邀请的古巴乐队的特色和推介方式。我不喜欢开会，不论是什么形式的会议。面对众多听众讲话，我完全没有自信。听众的人数越多，我的语言就越是抽象、间接，在话语中不停地搜寻让大家都能接受的词汇，有些话使用一句国骂就可以完全表达清楚，但在这种场合就行不通。

本来今天又要参加这种会议是令人讨厌的，但我的内心却很兴奋，那是因为一直惦记着青木美智子。我推辞了豪斯登堡朋友聚餐的预约，为和青木美智子约会赢得了三个小时的时间。她说这是她第一次来豪斯登堡。

我们的汽车开出机场驶上高速公路，驶出标示着佐世保-豪斯登堡的出口，然后穿过川棚这个小镇，眼前赫然出现了一座高塔。那就是豪斯登堡地标性建筑之一的德姆特伦高塔。我每次看到这个高塔时都会有一种奇妙的幻觉，觉得不仅是这座高塔，甚至整个豪斯登堡似乎都具有十分悠久的历史，而其他的建筑，自古以来几乎一成不变的川棚的河流和街道、弹子房、自行车行、和服店、面馆、豆腐店等，在我的眼里却显得很异样。我出生和成长的地方是后者的风景。

我在欧洲大饭店的酒吧"天方夜谭"等待青木美智子，距约定的时间还有三十分钟，为了消除会议的疲劳，我喝了一杯烈性的鸡尾酒。会议进行得十分顺利，中村也返回了长崎。我没有对中村谈起青木美智子，并不是想刻意掩饰，只是因为中村是高中时代的学弟，而青木美智子是初中同学。

"您要不要再来一杯马提尼酒？"一个身着白色长裙的女子走来问道。我略微点了一下头。"天方夜谭"并不是柜台和圆桌式的酒吧，而是在传统的欧洲酒店中经常可以看到的不规则地摆放沙发的那种形式，就好像一个巨大的客厅一般。酒吧的屋顶很高，墙壁上悬挂着硕大的铜铃和挂毯，各处摆设着鲜花，装潢十分考究。

当我在二十出头获得小说大奖时，出版编辑带我去了各种酒吧。有传统的酒店里的酒吧；有银座的酒吧，那里有蜚声业界的调酒师；有六本木的酒吧，那里提供几千种鸡尾酒和纯麦威士忌。总之去过很多间酒吧，同时也品味到了在那种地方和女人约会的乐趣。究竟是从什么时候起对那种庸俗的酒吧夜生活开始感到厌倦了呢？我一边品尝着第二杯马提尼酒一边寻思。大概是在采访网球赛和一级方程式赛车比赛而频繁去欧洲之后。在巴黎的巴克大街上，靠近塞纳河附近有一家历史悠久的四星级酒店，通过当地一家出版过我的作品的出版社介绍，我经常入住那家酒店。酒店附近有许多出版社，有像伽利玛那样的著名出版社，也有许多不知名的小出版社，那家酒店的酒吧是编辑、作家和画家云集畅谈的地方，过去托洛茨基在政治避难期间曾经来过，还有萨特、波伏瓦，据说他们都是常客。其实那间酒吧十分普通，酒也并不特别醇香，装修也不十分华丽，主要是因为距出版社咫尺之遥，十分方便，所以大家才经常出入。在巴黎时，每晚都去泡那间酒吧，有时为了等人，有时只是喝上一杯餐前酒，有时喝得酩酊大醉，还要酒吧招待照料，慢慢就觉得东京的酒吧夜生活很无聊。酒吧有的十分嘈杂，有的则很宁静，有的酒类齐全，有的只有三得利老牌威士忌，有的有陪酒女郎，有的有钢琴伴奏，有的坐凳和沙发表面是塑料包装，有的是皮革，有的价格昂贵，有的经济实惠，虽然有各种不同，但在酒吧里寻找人生的意义和故事显得十分荒唐。优雅的宾客才会酝酿出格调高雅的酒吧，我突然悟出了这个最简单的道理，于是回归自然。做一个普通人其实并不容易。

一个女人走过大堂，向路过的行李员询问着什么。行李员指了我一下，那个女人略微低头微笑着走了过来。果然是青木美智子。我站起身点头问候。我们十八岁的时候，在她读大学的福冈市曾经约会过一次，以后再也没见过面。屈指一算，我感慨道："已经过去二十三年了。"

青木美智子点了一下头。她点头的方式、羞涩的表情、举止做派、连衣裙和皮鞋以及二十三年岁月年华的流逝引起的衰老让我感觉都极为正常。

我们来到"爱丽达"餐厅，由侍应生引导到餐桌，相对而坐，直到举起香槟酒杯干杯、品尝皇家基尔香槟酒都始终沉默无语。

"你马上就认出我了吗?"青木美智子喝了一口皇家基尔香槟酒问道。

"如果是十年前,我会马上认出来,现在一下子没认出来。"我坦诚地回答道。我并不是在寻找她初中时代的面容和身影,见到久违的青木美智子,发现她的衰老并不只是皮肤的松弛和皱纹,有一种外表察觉不到的气氛笼罩着她的全身,尤其是像眼睛那样缺乏丰满的脂肪保护的地方。并不是她的眼皮已经松弛,也不是说她的目光失去了光彩。她的眼睛被无情的岁月所覆盖。

"你也没认出我吧?"我问道。

"在杂志和电视上,经常能见到你,马上就认出来了,名人这种时候方便。"

我有一种奇妙的感觉,每当青木美智子短促飞快地说话时,我的身体各处都在不停地颤动。不光是脑海中,膝盖后面和脖子、指尖等处的神经都在躁动。这种躁动还没有平静,第一道菜火腿配香瓜便摆上了餐桌。盘子上带皮的香瓜里,果肉已经切成了小方块,粉红色的生火腿像马鞍一样贴在果肉上,上面还撒了一粒半的黑胡椒粒。用叉子送到口中时,香瓜的甘甜、火腿的咸味以及黑胡椒的麻辣顿时迸发出来,在口中卷起一股旋风,就如同暴风雨即将来临之前横扫热带雨林的冷风一般,让人浑身泛起鸡皮疙瘩。"黑胡椒很麻辣。"青木美智子说道,我抬头瞟了她一眼,发现她的口中也刮起了旋风。这股旋风震颤着躁动的神经，突然间仿佛所有的感觉都回到了初中时代的那一天，我第一次去青木美智子家，她走到门口，呼唤我的名字并向我打招呼的那个星期天的下午。我参加完棒球队的练习赛，提着球棒和手套，站在她家的门前，强忍着心脏剧烈的跳动，抬手敲着她家的房门。

Escalope de foie gras d'oie chaud

香煎肥鹅鲜肝　配浓汤烧萝卜

白萝卜撒上砂糖，黄油放入煎锅预热，将萝卜下锅，略加盐、
胡椒焖煮。肥鹅鲜肝撒上精盐，放入厚底煎锅，煎炒片刻。
这道菜的特色是肥鹅鲜肝独特的美味配合白萝卜的甘甜，
呈现出浓郁甜美的味道。
沙司由波尔图葡萄酒煮沸特制而成，甘甜适口。

◇◇◇◇◇◇◇◇◇◇◇◇◇◇◇◇◇

我们的中学毗邻美国海军的一个基地，从教室窗户里可以看到象征"美军基地"的铁丝网。我入学的时候是 60 年代中期，正是披头士乐队拍摄电影《艰难时光》（A Hard Day's Night）的时候。青木美智子在另外一个班，棒球队的一个伙伴住在她家附近，于是我打听到了她家的地址。那天是星期天，上午我们和其他学校进行练习赛，我是二垒手兼八号击球手。当天我击出了两个安打，我们以五比二赢得了比赛。对手是地处繁华市区的初中，小流氓很多，在当地尽人皆知。不过，当时所有的学校都有行为不良的小流氓。那所中学地处闹市，电影院、餐馆云集，接触成人娱乐场所的机会较多。在我上初中的时候，出入咖啡厅就会被认为是"小流氓"，现在小流氓这个词也鲜为人知了。

　　比赛结束之后我们为下一场女子垒球赛加油助威，但那次加油呐喊实在不成体统。当时没有人喊"加油"、"好球"、"我们必胜"之类的口号，而是骂街攻击对方，喊出"你妈是卖淫的婊子"、"这么大的屁股肯定和谁干过了"、"袖口露出腋毛来了"这类脏话起哄。先是裁判出来制止，有人不听继续起哄，于是垒球队的教练老师走过来，挥拳揍了其中的几个学生。即使这样，仍然有人不听劝阻继续起哄，于是我们被赶出了球场，连我们学校垒球队的女生也骂我们不要脸。

我觉得挨打也罢，被女生骂也罢，十三四岁的男孩子们只要高兴就足够了。对于一个男人来说，十二岁至十五岁是唯一不需要在乎女人而生活的时期，在此之前要受到母亲的管教，在此之后要被"心目中的女人"支使。

对方的棒球队在校门口附近等着我们，让我们到学校后面来。学校后面一般都是打架的地方。对方接球手的拳头打在我的太阳穴和下巴上，中外场手一脚踢在我的小腿上，但我的拳头也雨点般地击打在对方的身上，其中几个人疼得哭出声来。我们打架也赢了。动物服输时会仰卧在地上露出腹部，哭泣则是人类降服的标志。我们既赢了比赛也赢了打架，情绪十分高昂。

住在青木美智子家附近的那个家伙对我说："这种时候不去女孩家，还等什么时候?"那家伙是游击手，名叫滨野。我和滨野的臂力很大，经常练习在初中生比赛中极为罕见的双杀，这可以说是我们练习棒球的最大的目的。比赛中，我们两人一直在期待无人出局或一人出局有击球手上垒的局面，有一场曾经打出了四个双杀。

"星期天青木会在家吗?"

乘上从闹市开往基地方向的巴士时，我问滨野。去见青木美智子的紧张和兴奋交织在一起，太阳穴和下颏的疼痛也消失了。

"在家！"滨野说道，那口气简直就像断定尼斯湖怪兽会在指定的时间出现一样斩钉截铁，"青木每次都要看 NHK 的电视连续剧《中学生日记》，现在绝对在家。"

我们在山坡上的车站下了巴士，那里可以看到佐世保重工的船坞和美军军官宿舍。我和滨野下了汽车之后，用鼻子和嘴猛烈呼吸着汽车排出的尾气。不知道谁说过呼吸巴士的尾气头脑会变得聪明，于是大家一有机会都去吸尾气，无论老师和家长怎么阻止都没人听，直到有个中学生跑到停在车站的巴士后面，对着排气管直接吸入尾气，被送到医院不治身亡，大家才相信大人的话，停止了这种游戏。

我和滨野踏着狭窄而大小不同的石头台阶，从山坡上的汽车站走下山坡，两侧密密麻麻排列着低矮的民房和板楼。路上时而会碰上同学，他们见我们还穿着比赛服，便问道："赢了吗？"我们回答说"赢了"，顺便打听《中学生日记》播完了没有。当时是初夏，阳光耀眼明亮，我们浓黑的身影留在石头和水泥拼接的台阶上，不断地弯曲伸展。伴随着吹过胡同的清风，鲜花、炊烟以及垃圾的混合气味飘散开来，这些唤起我内心的紧张，提醒我不是在校园，而是在青木美智子起居生活的地方和她见面。

"就是那里。"滨野说道。那里是地处山丘之间的一片木板房，可以看到佐世保重工第四船坞上矗立着的巨型吊车，据说那是当时世界最大的。六幢平房的低矮的屋檐重叠交错在一起，每户的屋顶上都竖着一个烟囱，看上去有一种异国情调。烟囱圆锥形的顶端涂着红蓝色油漆，不知为什么，我走向青木美智子所住的标示着 A1 的公寓时，一直盯视着那个烟囱，心想：我大概一辈子都不会忘记这个红色和蓝色。

当我走到距公寓二十米左右的地方时，滨野说了句"那就看你自己努力喽"，便转身走了。滨野的家在汽车站和这里的中间，他特意陪我走到这里。"多谢了。"听我这么说，他笑起来道："你客气什么？只要你再多练习一下内场防守，多练一练传球，多打几个双杀，让大家都看过瘾就行了。"

我敲了一下房门，喊道："有人吗？"声音有些变调，连我自己都觉得奇怪，不久，一张和青木美智子完全一样的面孔出现在我的面前，只是脸上多了几条似乎是用圆珠笔画的皱纹。

"我是同班同学，名叫矢崎。美智子在家吗？"

当我说出这句在心里练习了几百遍的话之后，青木美智子的母亲笑了。大概是我的话太客套，也可能是我的发音不够清晰。如果她认为我缺乏修养，那就全砸锅了，见她这么一笑，我的心里七上八下，似乎觉得世界末日已经到来。这时青木美智子带皱纹的脸换成了光滑丰润的脸蛋儿，闪现在我的眼前。我已经不记得说了些什么话。我不敢正视她的面孔，只是低头盯着左手拿的棒球手套上面的标签"MIZUNO"。

"你经常在这样的餐厅吃饭吗?"青木美智子透过巴卡拉水晶葡萄酒杯问道。

"咋有那种事?"我刚要脱口说出长崎方言,急忙改口道:"没有那么回事儿。"

第二道菜端上来了,那是"香煎肥鹅鲜肝配浓汤烧萝卜"。鲜嫩的肥鹅肝摆在横切的白萝卜上。

"萝卜上面的是什么?"青木美智子问道。我在告诉她那是鹅肝时感到十分羞涩,这倒并不是因为其中有某种虚饰。鹅肝二十年前鲜有人吃,而现在是高档食品的一个标志,我仅仅觉得这个词的语感和我现在头脑中的意识完全不同。

"我第一次吃到。"青木美智子说着将鹅肝和白萝卜一起送入口中,振颤着喉咙,用她那樱桃小口吞咽下去,并低声自语道,"味道很独特。"她大概从来都没有品尝过这种菜的味道:将肥鹅肝和白萝卜一起送入口中,用舌头和牙齿挤碎,两者的味道最终也不会混合在一起。一边品尝,我一边想,这两者即使在分子和原子水平上混合起来,大概也不会融合的。两者的味道滑过喉咙时,区别十分显著,我为了品味这种感觉,一言不发地吃完了这道菜,当只剩下汤汁的时候,我的脑海里充满了一种失而不可复得的失落感。看着空空如也的餐盘,那时的心情就好像热恋的情妇突然宣告与我分手一般。那是一种和只能共享欢娱而无法互相理解的女人分手时的心情。

青木美智子注视着我，她也刚刚吃完鹅肝和白萝卜。

"刚才，"我说道，"我想起了第一次去你家时的情景。"

青木美智子听到这里，略微歪起头笑了起来。那是她的习惯。

"我也想起了什么，但是吃完刚才的菜就忘了。不过，你第一次来我家时的情景我还记得，你穿着比赛服，对不对？"

"是啊。"我点了一下头，"刚才我一直在想那时的情景，但怎么也记不起来说过什么。"

"你等等！"青木美智子又略微歪起头，举起酒杯，里面是法国夏山-蒙哈榭白葡萄酒，她用酒杯按住嘴唇，思考了片刻，说道："那时正好也是现在这个季节。你好像谈了一些音乐，什么披头士啦、投机者乐队啦，记得我说只听过披头士的《求求你，邮差先生》，你说那首歌不是名曲，能知道这个当时很少见。"

"我一点儿都不记得了。对了，你想见我有什么事儿吗？"

"啊，是那个，我的孩子现在是初中生，所以想和你商量一下。"

我有点儿失望。虽然并不是期待她说出夜不能眠、渴望激情之类的话，但一谈起孩子，男人的进攻本能便萎缩了。

"是男孩？"

我在心里安慰自己说你是一个好心眼的大叔，然后问道。青木美智子点了一下头，叹了口气，又摇了摇头。

"不知道他在想什么。问起学校的事情，他总是敷衍了事，总之根本无法沟通，你明白吗？"

"几年级？"

"已经初中二年级了。"

"到了初中二年级，男孩子会开始变化。"我一边在心里埋怨自己讲得很无聊，一边说着，"初中一年级以前，怎么说呢，还是个孩子。那以后并不是说开始发育成熟了，包括身体发育，但开始有自己的隐私是从初中二年级开始，所以说你的孩子是正常的。"

"这些我也明白。"青木美智子又叹了一口气，"我也一直教初中生，能理解一般的男孩儿的心理，可我家的孩子，怎么说呢，对了，三年级的时候，班里不是有个叫吉村的吗？你还记得吗？"

吉村是个奇特的少年，他好像一个人背负着世界上所有人的不幸，但存在感又极强。他父母分居，是奶奶把他拉扯大的，住在碎石山中间搭起的一个铁皮屋顶的斗室之中，身患先天性心脏病，上小学时从树上跌落下来，左脚粉碎性骨折，因此不能快跑，上初一时被卡车撞伤，但奇迹般地保住了一条性命，不知何故他和我很要好。

"我一看到自己的孩子，就想起吉村。"

我不理解她话中的含意。

Soupe de champignons feuilletés

爱丽达风味蘑菇奶油汤

用黄油热锅后，放入蘑菇与松茸爆炒，待出汁后加入奶油，
然后添加调味料，做成奶油汤。另起油锅，爆炒鸡油菌、
丛生口蘑、松露香菌等菌类，放入馅饼皮内，
置入烤炉烧烤，然后放入奶油浓汤内。
馅饼皮质脆嫩，配以蘑菇的清香，味道上佳。

◇◇◇◇◇◇◇◇◇◇◇◇◇◇◇◇◇◇

"我和吉村没说过几句话，印象也不深，但不知为什么，我和儿子说话时，有时突然会想起他来，记忆很淡薄。无论是你，还是眼前这道菜都有一种独特的韵味，但吉村就好像是个透明人，是不是？用手摸不到，好像就只有一个影子，你明白我说的意思吗？"

"当然明白。"我回答道。青木美智子的声调和说话的方式没有一丝变化。当我还是初中生时，法国有一个歌星名叫"法国女郎"，那名字简直就是搞笑，她有一首成名歌曲是《梦幻香颂玩偶》，其中的歌词现在听起来就好像在打趣。我曾经对周围人说青木美智子的声音和那个法国歌星很像，但谁都不赞同我的说法。后来，法国女郎灌制了《梦幻香颂玩偶》的日语版唱片，我想对青木美智子说："求你唱一次，这么大家就相信我了。"但我没能说出口。不过，至今我仍然认为她俩的声音很像，尖利、高亢，还略带鼻音。青木美智子的声音和从前一模一样。

"你偶尔会想起吉村吗？"

"有时会想起来。"我答道。其实我很少记起初中和高中时代的同学，除了棒球队的伙伴以外，其他人的面容都忘记了，但奇怪的是只有吉村却一直牢记在心里。

"吉村现在不知怎么样了？那时候他弱不禁风，像个病秧子。"

吉村和自己的儿子很像这句话到底是什么意思呢？我抿着白葡萄酒思考着，汤端上来了，侍应生在眼前揭开了碗盖。

"爱丽达风味蘑菇奶油汤。"侍应生刚报完菜名，随即便飘来了一股蘑菇的清香。这份奶油汤材料的口味的确很清淡，我和青木美智子品味着蘑菇鲜嫩的肉感，转眼就喝光了奶油汤。

"比喻可能有点不太恰当。"青木美智子用没涂指甲油的纤细手指飞快抹去葡萄酒杯上的口红，脸朝着我说道，"现在喝的这个汤像不像吉村？"

"什么意思？"

"外表看上去很清淡，但有一种存在感。"

"是啊，你这么说我就明白了。不过，我还是有一点不太清楚，吉村到底哪里和你儿子一样？"

"我也说不清楚。"青木美智子双手托着葡萄酒杯，"现在想起来，相似的地方大概是两个人都像透明人一样，其他的地方则完全不一样。喝完这道汤以后，我有这种感觉。"

"看似清淡，味道却很浓，是吗？"

"嗯，就是这个意思吧。"

汤碗的盖子掀开时，蘑菇的清香并不是单纯刺激嗅觉，而是温柔地抚慰着我的所有感官，不是气味的分子刺激感官，而是一片香云笼罩住了我的全身。

我和吉村自小学就是同学，从四年级开始还是同班。他母亲离家出走，父亲独闯关西去打工，吉村和比他小三岁的妹妹一起，同奶奶三个人相依为命，住在碎石山中间搭起的一个铁皮屋顶的低矮平房里。

吉村和我比较要好。他生来就身体孱弱，胸围、腰围和大腿的粗细都差不多，心肺功能也不健全，患有肺结核。小学五年级时他从树上跌落下来，肺部受到内伤，左半身变成了紫黑色。他身上多处患有残疾，说话口齿不清，汉字也认不出几个，算术连小九九也记不住。他学习吃力，不做家庭作业，上课时连笔也拿不住，即使这样老师也从来不批评他。吉村走路比刚刚学步的婴儿还要迟缓。

为什么吉村和我比较要好呢？那还要从小学五年级开学典礼上发生的一件小事讲起。开学典礼进行当中，吉村因为不能长时间站立，当校长开始对学生训话时，他突然坐在了地上。那天，他好像身体特别不舒服，双臂抱膝，把头深深埋在双腿之间，像《星球大战》的黑武士那样喘着粗气。新调来的女老师发现后便上前训斥他，因为是新调来的，所以不知道吉村的情况特殊，大概将吉村喘粗气的声音错听成了笑声。"说你呢！开学典礼你搞什么鬼?!"肥胖高大的女老师摇晃着吉村的肩膀。其他老师还没来得及阻止,吉村旧病复发,开始剧烈咳嗽。我在四年级时目睹过几次这种场面,便上前按下吉村的后背,使劲为他按摩背部。四年级时我是班长,曾多次带吉村去保健室,见过医生那样为吉村治疗。女老师不知所措,铁青着脸呆立在那里,听完其他老师说明原因之后才高声嚷道:"学生病得这么重,为什么不送到医院去?"我听了十分生气,一边为吉村按摩一边小声嘟囔道:"该死的,应该枪毙!"这话被周围人听见,两三个老师揍了我一顿。后来听吉村说,听我骂那个女老师,要比为他按摩后背痛快。

"胸闷已经习惯了,但那个女人的尖叫声我还听不惯,心里特别害怕,阿健替我骂她,她的那个尖叫音就转向你了,我觉得好受多了。"

从那以后,吉村经常来我家玩,我们经常一起看漫画。我和小朋友在外面玩耍时,吉村总是扯着黑武士一般的沙哑嗓子为我加油。我去吉村家低矮的房子里玩过,外面是小厨房,有一个土灶,里面是一个大约七平方米的小房间,地上摆满了水果箱,上面铺着草席。只有这两间小屋。吉村奶奶是一个粗俗的女人,穿上一条裤衩就敢四处乱窜,站着也能撒尿,脸丑得像个恶鬼,因为我父母是学校老师,她总是对我满脸堆笑。

那间小屋没有自来水,用劈成两半的竹子搭出一条水路,将小屋附近的泉水引到小厨房的水缸里。电灯就像巴西和菲律宾的贫民窟里见到的那样，从街灯上拉线偷电。吉村的妹妹身体也不好，我每次去的时候，她总是怀抱着掉了一只耳朵的布制兔子在酣睡。老太太经常做油炸薯条撒上白糖给我们吃。当时我去吉村家玩并不是为了吃薯条，而是另有目的。吉村趁他奶奶出门不在家，便从席子底下的水果箱子里掏出色情杂志给我看，据说那是他父亲收集的。虽说是色情杂志，其实还不如现在少女漫画的内容色情，只是其中有一些画面逼真的低级趣味插图，足够让小学五六年级的孩子激动兴奋，但我当时还不懂得手淫。

吉村在树林游荡时从树上跌落下来，这件事对我精神打击很大。在那两星期以前，我和吉村还去碎石山脚下的树林里玩过。我从父亲的工具箱里偷偷拿出一把锯子，逐个锯断小树的枝条玩耍。锯树枝十分有趣。我们在树丛之间开辟出一小块空地，两个人便坐在那里聊天。吉村很爱听我侃大山。

"有一件事我从幼儿园的时候就一直在想，有一天如果当了大夫，在女生和女老师的屁股上打针，那一定很爽。对了，三年级班主任不就是那个会弹钢琴的年轻女老师吗？我给她治病，告诉她得了感冒，她卷起袖子时我说：不对，这种感冒要在屁股上打针。我当大夫就这么说。老师吓了一跳，很害羞，就这么摇头。她再怎么摇头也不能不听大夫的话，没办法，就这么撩起裙子……"

吉村功课不好，话题转到荤段子却特别起劲，不像个小学生。比如我说完大夫和打针的故事，他就接着说道：

"阿健，在女人屁股上打针心会怦怦跳，但见到女人脱掉裙子时心脏跳得更厉害，你说那是为什么呀?"

吉村来我家玩，晚上留宿时我们曾经一起洗澡，我见到他上身有几条长长的手术伤疤，更令人吃惊的是他那巨大的家伙。"哎呀! 你的小鸡鸡怎么这样!"我看得惊呆了。"我觉得我活着不是靠心脏，而是靠着这里。"他用手捏着那个巨大的家伙不停地摇晃着。那家伙长度和粗细是我的两倍。

我和吉村在树林中锯断树枝玩耍，谈论黄段子之后就去爬树。吉村腕力和臂力非常弱，我把他拉上树。我们站在易于攀爬的橡树杈上，眺望着佐世保海湾的夜景。吉村嘴里淌出口水，不停地发出如同人猿泰山一般的叫声，不过声音十分微弱，巨大的家伙在短裤里怒发冲冠，我则暗暗地喜上心头。

两周后，吉村想攀爬另外一个略高的树枝，爬到一半跌落在地面上，胸部摔在乱石上，口中冒出了鲜血，他忍痛爬出树林，被过路人发现送到了医院。谁也不知道是我教吉村爬树的，所以我没有挨骂，但我去医院看望他时，见到他那青紫的左半身，恶心得差点吐了出来。那颜色简直就不像活人的皮肤。但吉村对于自己淤血和浮肿似乎漠不关心的样子，他盯着我的眼睛说："阿健，我是铁打的身子。"

"从前有一天下大雪，你还记得吗?"

青木美智子的声音打断了我脑海中吉村紫黑色皮肤的影像。

"矢崎，你从刚才就一直发呆，怎么啦？"

我是在思考奶油汤气味时不由浮想联翩，回忆起了吉村的往事。现在奶油汤的气味已经消失，香味的记忆也烟消云散，那的确像青木美智子所讲的那样，是一种"外表看上去很清淡但有一种存在感"的气味。也许追寻着那种气味，一种记忆就会随之苏醒。

"你记得那个雪天吗？下大雪。"

"下过好几次。"

"就是我们二年级的时候。"

"我记得好像打过雪仗。"

"没错，我们是三班，开始是女生在校园里堆了一个雪人，后来男生围了上来，你也是那时候来的，于是男生和女生开始打雪仗，你还记得吗？"

"我只记得和美国中学里的那帮家伙打雪仗……"

"在那以前，男生不是瞄准脸，而是瞄准我们的裙子下面扔雪球，是不是？我们浑身都被雪打湿了，老师用汽油桶点上火为我们取暖，这时美国的中学生开始和你们打雪仗，我也为你们加油助威，那时就出了事，你不记得了？"

美国中学的位置比我们的操场要高，打起雪仗来，地形对他们有利。于是，我们在雪球里夹了石头扔过去，不巧打在一个美国少年的眼睛上。

Gratin de homard de Canada aux épinards

法式烤加拿大龙虾 配菠菜

将龙虾放入高汤（用芳香气味的蔬菜和香草、白葡萄酒等制成），慢火微煮片刻，保持虾肉富有弹性。菠菜用黄油和蒜片爆炒。龙虾加蛋白上锅煎烤，烤后颜色艳丽。

◇◇◇◇◇◇◇◇◇◇◇◇◇◇◇◇◇◇

美国中学生叫嚷着说我们不公正，我心里说不论从地形还是政治来说本来就不公平，还谈什么公正不公正。不久，军警坐着吉普车赶来，见到他们手里的枪，中学生都害怕了。因为来了军警，校长和老师们也从校舍里跑出来，这回祸闯得出格了。在雪球里夹石头的包括我一共有三个人，都是棒球队的队员，当然里面也有练双杀的搭档滨野。对于没有亲眼见过的人来说，枪口十分恐怖。我想起了在电影中看到的各种枪毙的场面。校长是莱特湾海战的幸存者，他经常在人们面前炫耀这事，却丝毫没有旧帝国海军的威风，于是展现在我们这些生活在美军基地的孩子们面前的，又是一幅司空见惯的情景。平常大人们总是威风凛凛不可一世，见到美国大兵却点头哈腰，那光景十分奇怪，连我们这些旁观者都觉得十分屈辱。不久，校长和军警同时盯着我们，我心里揣摩着终于要开杀戒了。军警扭转面孔，枪口朝向我们，滨野吓得尿湿了裤子，只是裤子早已被雪花浸湿，不十分显眼。校长和教导老师走了过来，突然分别打了我两三个耳光，我心想只要不被枪毙，挨几个耳光不算什么。接着又被他们扇了四五个耳光，我发现军警也走来了，不觉心里咯噔一跳，不过军警只是来制止校长他们打人。因为美国人讲究民主，虽说犯罪该受惩罚，但见到大人这么没完没了地打小孩子，大概也看不下去了。

军警站在校长和我之间，身材十分高大，简直就像个巨人。相比之下，额头光秃、臃肿肥胖的校长看上去很寒酸。军警穿着卡其色的军服，上面飘落着一层雪花，足蹬一双锃亮的皮靴，而校长身穿粗布西装，脚踏沾满泥土的人造革皮鞋，相映之下，谁是战争的胜者，谁该是这个世界上天生的强者，对于一个十三岁少年来说也是一目了然。

不久，军警用非常简单的英语问我："是你干的吗？"

我极力忍耐着，避免恐惧心理显露出来，略微点了一下头。

"你为什么要用石头？"

"因为我们这里地势低，那边在山坡上面。"我回答时尽量避免出现语法错误。

"这是游戏，是男孩子之间的游戏，但是打伤了对方，我想从心里道歉。"我注视着军警的双眼，忍耐着声音的颤抖和膝盖的哆嗦，表达了上述的意思。这时操场上聚集了一百多个师生，周围鸦雀无声，连咳嗽的人都没有，只有雪花无声地飘落在人们的头发和肩头上。

"明白了。"军警说道，"我会把你的话转达给受伤的孩子。"

"那时，大家都为你揪着一颗心，我不知道为什么那时老师马上手指着你。那个时候，校长也马上看着你，大兵也马上走到你那里。到底是为什么？"

话音未落，下一道菜端到青木美智子的面前。这道菜是法式烤加拿大龙虾配菠菜。

"谁也没有去告状说是你干的。"

"我呢，怎么说呢，是那种容易挨骂的类型。"我吃着龙虾说道。龙虾有一种独特的口感，当然如果火候过大，那种口感就会消失。据说青木美智子是第一次吃龙虾，我便为她讲解龙虾的形状和颜色。"其实就像大个的沼虾。"我嚼着龙虾，一瞬间忘记了那个下雪天，思考着人对他人施加影响的问题。我不仅写小说，还导演电影。我见过许多女演员，有时候会思索她们的个性。女演员实际上是一种非常特殊的职业，她们和歌剧演员以及舞蹈演员不同，始终需要某种精神上的支柱，有时候是私生活中的情侣，有时候是一起工作的导演，有时候还可能是波斯猫和宠物狗，但一旦依附这些精神支柱，她们就会丧失昔日的光彩，也就像烤得火候过大的龙虾。那样的龙虾已不再是龙虾，而是另外一种东西。

"什么是容易挨骂的类型？"

"大家都知道我无论怎么挨骂都挺得过去，精神上不会受到刺激。"

"现在想起来，你当时的确总是挨骂，我有时觉得奇怪，你好像是故意捣蛋，等着挨骂，但好像和故意出风头又不太一样。"

"是啊，其实我挨骂之后比一般人更不好受。"

"那可看不出来。"

"真的，其实我更喜欢被人表扬。"

"如果是那样的话，你为什么要故意捣蛋去找骂呢?"

"有时我忍耐不住。"我答道。

"谁都有那种时候，不是吗? 我想你也一样。不过，你对于什么忍耐不住?"

"如果能够简单讲出来的话，"我说道，"我也许就不会写小说了。"

"这话有点故弄玄虚。"

青木美智子笑了，我也不好意思地笑了起来。我们快吃完烤龙虾时，才发觉菠菜中散发着一种大蒜的香味，而且，不是从自己盘中的菠菜，而是从盘子的另一侧飘来了这股香味。芬芳的气味简直不可思议，淡薄的气味往往和某个记忆联系在一起。

"那天，你后来又挨打了吧? 那个美国大兵走后，是不是又被老师们打了一顿?"

军警乘吉普走了，不知为什么校长一个人慢悠悠地走回校舍，教导员和其他几个老师围了过来，骂道:"你这个笨蛋!""总给我们惹祸。""如果对方眼瞎了怎么办?"不但对我推推搡搡，还扇我的耳光。我那时心里想：大家都是日本人，可这帮家伙在持枪的外国人面前不敢保护我，等人家走了还要揍我，这帮家伙，死也不能相信……

"我想起来了，那个时候，我突然发现吉村站在我身后，我转过头时，见到吉村在嬉笑。"

"嬉笑？"

"是啊。我问他你笑什么，你猜他怎么说？"

"不知道。"我回答道。我根本不知道青木美智子和吉村之间有过那种对话。

"吉村一直嬉笑着说'青木'。对了，他总是流着鼻涕，说话时鼻音特别重，还记得吗？他当时带着鼻音说：'阿健绝对不会服软的。'他对我这么说的。"

吉村很喜欢看电影，我们经常谈起凯瑟琳·德纳芙、克劳迪娅·卡汀娜，还有莫尼卡·维蒂。当时乡下的初中基本上禁止看电影，暑假和寒假只允许去看几部指定的"认可电影"。所有的初中都有这种规定，穿学生制服不能进电影院，我和吉村总是换上便服，只要有零花钱就去电影院。

吉村爱看的电影是世人皆知的大牌明星主演的情节悠长、耗资巨大的好莱坞大片，尤其喜欢当时流行的七十毫米宽银幕电影，他总是对我说："喂，阿健，这个电影是宽银幕的。"

我除了日本电影以外全都喜欢，我们两人的共同爱好是当时流行的人称"黑夜"系列的色情纪录片。当时雅克佩蒂导演的《世界残酷奇谭》风行一时，后来又以《欧洲之夜》为首，出现了许多同类的纪录片。其中大多数以夜总会表演和各国的奇特风俗习惯以及变态的性风俗为主题，很多都是胡编乱造，比如在意大利阿尔卑斯山的某个地区，阉割羊的时候要由处女用牙咬断，高加索地区的某个村庄里男子成人时必须一口气生吞五十个生鸡蛋，安第斯山脉秘鲁一侧的某个小城镇结婚初夜时人要和动物杂交。这类影片制作十分粗糙，更有甚者，有时候高加索的村民和安第斯的登山向导由同一个演员扮演。

现在已经忘记了片名，记得有一部描绘性风俗的纪录片在一个小酒馆密集地区的肮脏小电影院里放映时，正好是梅雨季节的一个周末下午，我们决定一起去看。

我们总是在公共汽车站见面。佐世保仅有的一点平坦地方都被美军占领，几乎所有的人都住在半山腰，要去闹市区必须走下一段很长的山坡，回来时再喘着粗气原路爬上来。

那天没下雨，但眼前云霭雾罩，湿度很大。不过，为了去看禁片，两个初中生心情激动，哪里还在乎空气湿度大小。我对母亲撒谎说去图书馆看书，吹着口哨走出了家门。到汽车站的路都是台阶或坡道，先要走下右边邻接墓地的台阶，来到狭窄的坡道，再经过鞋店。鞋店不大，橱窗里陈列的样品很少，店主很喜欢小孩，长脸像个斑马，主要以修鞋为主。当时整个日本比现在贫穷得多，但依我所见，百货店里还是有各种新鞋出售，能以修鞋为生简直不可思议。我曾经替父亲去取修好的鞋，修理费是两百五十日元。当时我想：一天会有多少人来修鞋呢？但那个长脸店主从我们早上上学直到夜深人静，始终围着厚布围裙，在一个倒立的烙铁形状的台座上换鞋衬，或者切削皮革，我经过鞋店时总会闻到一股鞋油和皮革的气味，长脸店主热情地向孩子打招呼："阿健，早上好！路上小心汽车。"

过了这家鞋店，直到汽车站是一条笔直的坡道，因为坡度很大，很少有汽车通过。在半路上回首一望，眼前的视野顿然开阔，直通山腰的小道尽收眼底。我总是在那里驻足片刻，等待吉村摇晃着走下山坡。

Entrecôte de Taku poêlée aux fines herbes
香煎多久肥牛排 配香草风味粗芥末

这道菜的特色是用佐贺县多久地区的肥牛特制的牛排。
牛排经烤炉烧烤之后，添加少许法国粗芥末、嫩葱、
茴芹、香芹、百里香，再上烤炉焖烤。
上等牛排加香草风味，口味圆润。

◇◇◇◇◇◇◇◇◇◇◇◇◇◇◇

吉村见到我的身影便矮身跑了过来，坡道很陡，他平时连走路都摇晃不稳，跑起来更是跌跌撞撞，让人为他揪着心。实际上他也跌倒过，来到汽车站时脸上和膝盖都流出血来。

"阿健，今天我的打扮是《西区故事》查克里斯的做派，你看怎么样?"

吉村出现在汽车站时脸色铁青，似乎会立即吐血或呕吐出五脏六腑一命呜呼一般，他张开双臂，略微弯腰，双腿交叉，打着响指，嘴里不断嘟囔着："酷，真是酷，太酷了。"今天是梅雨季节里炎热的周末，吉村却穿着一条破旧的条绒裤，上身是一件粉色开襟衫，赤脚穿着一双快要掉底的黑皮鞋。当时不叫条绒而是叫灯芯绒，他的裤子看上去左右长度不同。那并不是裤脚的长度不同，而是吉村左右腿因为受伤和残疾弯曲不直，因此左右长度不同。

"查克里斯?"我大声叫道。

"是啊。"吉村点头说道。这种大热天，呆立不动都会满身大汗，衬衫贴在身上，但吉村却没有一丝汗水。他曾经说过："我从来不出汗，我不记得出过汗。"我想大概他的身体没有新陈代谢功能。

"和查克里斯一样吧?"

吉村笑嘻嘻地打着响指问道。条绒裤子和肥大的皮鞋以及大概是他奶奶二战前穿的粉色开襟衫，另外还有吉村超现实的歪扭的脸庞和身形，不用说和当时的大明星没有丝毫相似之处，简直就是不同种类的生物。但吉村反复追问我是不是很像，我迫于他的追究，便随声附和表示赞同。吉村不但不像乔治·查克里斯，他和谁也不像，说他不是人，是一个机器人的话，幼儿园的孩子们也许会真的相信。

不久，公共汽车来了，车体上涂着乳白色和橘黄色。它可以把我们带到闹市区，在我们的心中象征着幸福和兴奋。

那时公共汽车上还有票务员。佐世保市经营的公共汽车的票务员穿着深蓝色的制服，脚穿平跟黑皮鞋，脖子上挎着敞开大口的塑料皮包。"下一站是松浦町，有下车的吗?""谢谢各位乘车，下车请出示车票。"除了报站名，还要卖票，用钳子在车票上打孔。尽管工作很平凡，但当时妇女很少在外工作，因此对于吉村这种好色且崇拜制服的人来说，票务员也和护士一样属于自慰的对象。"太棒了! 今天从一开始就很运气。"吉村胳膊肘捣了我一下，用下巴示意我看正在为车票打孔的票务员。吉村瘦弱尖细的下巴显示的方向那边有一个微胖的娇小女人，她肤色白嫩，嘴涂口红，留着长指甲，嘴里嚼着口香糖。"啊，心里痒得慌。"吉村说着，抓住吊环不停地扭动着腰和屁股。涂脂抹粉的票务员当时十分罕见。"没错!"吉村暗暗点了一下头。

"我听说有一个公共汽车的票务员每天晚上和中意的乘客去中央公园约会，在长椅上野合。"

这家伙究竟听谁说的? 我很吃惊。吉村向走到眼前的描眉打粉的票务员搭讪。

"你好，今天天气不错呀。"吉村笑呵呵地说道。但那个女票务员没有理睬他，只是在我们的车票上打了一个小孔。对方是个成熟的女人，浑身飘散着女性的芬芳，吉村不会因为对方不理睬自己便会作罢。

"哎呀，真香呀，大姐，你用的是资生堂的香水吧?"

听到资生堂这个词，女票务员回过头。

"你知道?"

吉村点头说道："知道，当然知道，我一闻就知道。"说着他又凑前半步。票务员背对着我，站在我眼前，我可以清晰地看到她脖子上白粉和皮肤之间的界线。那不是一条直线，而是像密西西比河和亚马孙河一样蜿蜒曲折，我想大概是流汗造成的。他们两个人身高几乎相同，随着汽车在蜿蜒的坡道上不停地摇晃，面对面对视了片刻。天上阴云密布，车内十分昏暗，吉村土灰色的脸色也不太显眼，相反地，他的笑容和粉色开襟衫也许会给票务员留下清新的印象。"你还是初中生吧？"票务员问吉村。吉村回答道："初中生怎么了？我下面那家伙的头已经露出来了，家里只有一个奶奶，晚上什么时候都可以去中央公园。"

"你为什么和吉村那么要好？"

青木美智子问道。她的话打断了我对往事的回忆。当时那个身材丰满的女票务员听到中央公园就脸色突变，瞪了吉村一眼，从我们身边走开了。那个时代还没有情人旅馆，夜幕降临之后，公园和海边以及山里便是男女野合的地方，但那个女票务员是不是那个每晚在公园和人约会的人则值得怀疑。

"你们俩总是凑在一起玩。"

"那倒是没错。"我含糊应了一声，思考着自己和吉村之间到底有什么交情。

"当时你已经加入了棒球队，应该还有很多其他朋友吧？"

听青木美智子这么说，我点了一下头。吉村没有什么朋友。有一个老师召集五六个学习跟不上班的学生，组织他们修剪校园里的花草树木，吉村也是其中一员，他经常向我抱怨说那些活动很无聊，想脱离那个小组。"阿健，那不是好人应该干的。你看，人不是也把不生蛋的鸡凑在一起吗？这和那个一样。"

"不知为什么，我和吉村在一起的时候有一种安心感。"我刚对青木美智子讲完，正餐端上来了。这道菜是香煎佐贺县多久地区出产的肥牛排，配香草风味的粗芥末。

"真好吃。"

青木美智子将盘子里的一片牛排切成两半，放进口中，就像忘却以往的所有一切一般，低声说道。她并不是自言自语，也不是对我说的，"真好吃"这句话似乎和呼吸一样自然吐露出来。嚼了一口多久牛的肉排，我也哑口无言了。我本想谈起一些吉村的故事，但话还没到喉咙便消失得无踪无迹。

直到咽下最后一片牛排，我和青木美智子始终沉默无语，连感叹声都没有。我据了两口法国勃艮第特产的红葡萄酒，思考了品味美食时忘记交谈的原因。牛排上配有粗芥末的辛辣和香草的芬芳，放入口中咀嚼的瞬间却只有牛肉本来的味道，其他都消踪匿迹了。当时，我脑海中浮现出有关吉村的本质性的问题，想告诉青木美智子。主要的意思是和吉村在一起的时候我感觉最有信心，但是口中和喉咙里扩散开来的牛排的美味，十分清晰地甚至可以说十分灼烈地产生出一种快感，割断了我的思考和语言能力。我们听音乐时偶尔也有这种体验，当然这种场合的音乐必须有一种哀伤的优美旋律。

"这种牛排，我第一次尝到。"青木美智子终于开口说道。

"我也是。"我们不约而同朗声大笑。

"怎么说呢?"青木美智子接着说道，"怎么说呢？我觉得这不仅仅是一块牛排，而是一条生命，或者可以说我们正在吃活生生的、十分珍贵的东西。"

"我呢，"我一口喝下红酒说道，"我呢，我吃牛排的时候正在想一些怪事，那就像芥末和香草能衬托出牛肉原有的美味，我觉得我们见各种人时会表现出不同的人格，其实并不是变得奇怪或者不奇怪。比如我和你聊天的时候，就和自己的儿子聊天的时候不同，这是不是不好理解？"

"有点模模糊糊，但是我能明白。"青木美智子说道，"我也一样，我和你见面的时候，就和同家里人在一起的时候不一样，这和这个餐厅非常豪华或者你是名人没有关系。"

"这是因为我们只有通过别人对自己的印象来判断自己。我吃这块牛排的时候突然想到这一点。不过，这个味道实在太完美了，所以思考这个行为本身都显得很愚蠢……"我突然感到很紧张，品酒师为我添了红酒，我一口喝下一半。主菜已经上完，红酒也使我们有几分醉意，我和青木美智子之间的空气也顿感温馨许多。我感到和这个初恋的女子时隔二十多年再次重逢，只要能注视着对方就心满意足了，其他都不必介意。我吸着香烟，在云雾缭绕之中盯视着青木美智子的面容，熟悉的大眼睛、嘴角以及下巴的轮廓等往昔的记忆还留在她的脸上。这时，喉咙深处的粗芥末的辛辣突然勃发，随之，脑海中牛排的美味通贯全身，顿时，自己沉浸在不可名状的伤感之中。我感到似乎一种生命的余韵变为伤感逆发出来。初中时代的青木美智子的面容、声音甚至动作的鲜明记忆伴随着声音掠过眼前。那是十四岁时的青木美智子，她双臂抱着笔记本和教科书，从教室门口探出上身，略微低着头，用试探性的眼光看着我。"矢崎，圣诞节女生准备聚会，你能不能借给我披头士或者隐士合唱团的唱片？"十四岁的青木美智子说道。那个图像久久没有消失，让我有一种强烈的伤感。我深切地感到失去的光阴永远不会再来。

"你怎么了？"青木美智子略微皱着眉头注视着我。

"不知为什么我突然想起你初中时代的样子，让人特别怀念。"听我这么说，青木美智子面庞浮现出两个酒窝，然后低声说出"伤感"二字。

"你有时也会伤感，出人意料。"

"哪里，我是一个地地道道的爱伤感的人。"我这么说，"所以我拼命做事让自己来不及伤感。"

"想一下吉村不就行了吗？"青木美智子始终微笑着说道。

是的，吉村是个不可思议的朋友，和他在一起的时候心情很轻松，就连我这个初中生都觉得自己很有自信。在那个闷热的梅雨季节的周末，我们在百货店前面走下公共汽车，穿过商业街，来到酒吧和小酒馆聚集地带的一个角落里的小电影院……

Gâteau chocolaté au gingembre

姜味巧克力蛋糕 配洋梨果子露及奶糖冰淇淋

先烧制出可可风味的松糕，涂上糖浆，再浇一层奶油巧克力
（由巧克力和鲜奶油制成），在上面摆上糖渍姜片。
将这样的三层松糕叠起，最后撒上可可粉和细砂糖。
这道甜点口味浓郁且风味独特。

◇◇◇◇◇◇◇◇◇◇◇◇◇

我身穿乳白色棉布裤和半袖花格子衬衫，当时还没有 T 恤衫，无领半袖圆口衫这种样式只有内衣。当然，当时美军士兵们穿着白色和卡其色的 T 恤衫，但大家都觉得他们是穿着背心外出的下流胚。T 恤衫受到人们认可是在很久之后，在七十年代后期出现前胸和后背印刷图案和文字之后。有人说是日本人开始游览洛杉矶的迪士尼乐园之后普及了 T 恤衫，总之，六十年代初期还没有 T 恤衫，也没有 Polo 衫，企鹅、鳄鱼、老烟斗、黄金熊、花雨伞等品牌的 T 恤衫进入日本市场的时期则更晚。

观看"黑夜"系列电影时，衣着十分重要。售票房十分昏暗，看不清楚，但是可以感到卖票的大姐表情异样。百货店对面首映馆的卖票大姐同我和吉村想要进去的闹市区的三号馆的卖票大姐明显不同。当然这是因为三号馆的大姐目光暗淡，全身散发出一种疲劳感，甚至每根头发似乎都布满了不幸，全身充满了紧张感，令人望而却步。吉村总是说他喜欢这种类型的。"不太幸福的人有一股色情的气味，为什么呢？如果很幸福的话就没有必要寻找这种快乐……"一提到色情，吉村的想法总是十分准确，从不偏差。

"黑夜"系列电影虽然不是成人电影，但买票也并不容易。这种时候，吉村能发挥出非凡的才能。"阿健！"吉村站在电影院前说道。路上一个身上只穿一件长衫裙的女人正在和一个肩头刺着花纹的流氓争吵，一个喝得烂醉的黑人水兵被军警拉上吉普车带走，一群身藏铁链和木刀的高中生正在游荡着寻找敲诈勒索的猎物，这是一个五毒俱全、应有尽有的街景。

"要尽量装出纯情的样子才行。在门口犹豫徘徊，最后红着脸走进去，你可千万别忘了这个窍门。"

这家伙穿着粉红色的衬衫，难道他真的认为自己的外表很纯情吗？我越想越觉得不安。而且，吉村甚至比一般的小学生个子还矮。"咱们进去吧。"吉村说完，我们便走到售票房前看海报。

"阿健，我数五秒，然后先撤退。"

海报上印着许多赤身裸体的女人，大部分是脱衣舞女。掩饰下身的三角布和遮盖双乳的彩条紧紧地吸引住了我的目光。腰上的布条有细绳相连，显而易见。但故意突出双乳的彩条则像马尾一般，如何挂在胸前令人费解。难道是用胶水或黏结剂粘上的吗？如果是这样的话，解开时该怎么办？我茫然呆立在那里，吉村拉了我一把，低声在我耳边说道："撤，快撤！"我们重复了三次这种一进一退的游戏，吉村认为时机已到，于是我们走向售票房。

“两张大人票。”

我对着通话孔说道，将两张一千日元的纸币塞进狭小的半圆形窗口。

“说一下出生年月日。”

听到窗里面这么说，我结结巴巴地答道：一九四六年二月十日。窗户里传来了一阵笑声，那声音挑拨着十三岁少年的自律神经。涂满血红色的纤细的指甲将纸币扯了进去，然后又捏出来找头。

“为了看这种黄片，连岁数也撒谎……你爸爸会不放心的！”

她一边递出两张门票一边说，我心里不由得咯噔一跳。我的父母都是教师，教过的学生应该不下几千人。但是，她怎么认出我的呢？“对不起！”我避开通话孔，凑近半圆形的窗口问道，“请问，你是我爸妈的学生吗？”

“你还刚会走路的时候，我就去过你家好几次，三年前还去学过画儿！”

“我参加了电影研究会和欧洲文化研究会，我们初中有这种兴趣小组，而且我爸妈岁数也大了，最近心脏不太好。”我慌了神，怕被父母知道，脑子里一片空白。

“快进去吧。”大姐小声催促我，从半圆形的窗口里只模糊不清地看到她的半张脸。

“我也不会见你爸爸了，不会告你状的，快进去吧。站在那里磨磨蹭蹭的，一会儿该被教导老师抓住了！”

吉村站在旁边笑嘻嘻地听着我们的对话。

"吉村现在不知道过得怎么样?"青木美智子盯着摆满甜食的小推车说道。吉村初中毕业后就参加集体就业,去关西地区工作。我去车站送他时,见到他穿着一件肥大的西服,面如土色坐在火车的卧铺上。他看见我,一反常态地脸上没有丝毫笑容。

"我记得是参加集体就业去大阪了,现在已经没有集体就业这种说法了,是吧?我们那个时候是最后一批。"

青木美智子还没有选定甜食,服务生微笑着说:"您慢慢选,如果不行的话,每种都吃一点也没有问题。很多女客人都说挑选甜食是最开心的……"苹果烧酒风味的奶油冻、奶油蛋糕卷、黑巧克力蛋糕、格兰马妮风味冰蛋奶酥、草莓千层糕、果子露,还有冰淇淋之类摆在闪亮的银器里。不光是喜欢甜食的女性,比如对于与初恋女子时隔二十多年重逢相视而坐的中年作家来说,这也是一个心旷神怡的时刻。"我定不下来。"青木美智子说道,"你有什么特别推荐的,还是你来选吧……"无论哪一种甜食的颜色和形状都超过了我们的想象。我和青木美智子都沉浸在一种无言的感慨之中。当吉村还在家乡时,这种甜食在佐世保这座城市根本不存在。

集体就业出发那天,我坐在吉村的身旁,他突然像小孩子一样哭出声来。在那以前,我曾经多次见过他昏倒,受伤流血,吐血痉挛,哭泣还是第一次见到。"吉村!"我说道,"听说大阪有很多漂亮姑娘啊。"吉村摇了摇头，等奶奶替他擦了一把眼泪之后，说道："人家不会看上我的。我自己明白，中学时大家都穿学生服，每个人看上去都一样，但今后不同了。"说着他瞟了一下窗外。发车铃响了。"再见了。"我说着正要下车，他突然表情严肃地说："阿健，你爸爸是美术老师，你画儿也好文章也棒，将来当个拍电影的怎么样？如果你拍了电影，我一定去看。"我当时的志愿是当一名医生，但还是违心地答道："知道了。我会拍电影的。""一定拍喜剧，阿健你记住，不要拍悲剧。"吉村笑着说道。

"我一吃这种东西就不行了。"青木美智子吃着甜食笑了起来。甜食是生姜风味的巧克力蛋糕，配洋梨果子露和奶糖冰淇淋。"想说的话全忘了。我本来有好多话想跟你说。"

我曾经见过三个女人在最高级的餐厅品尝最精美的西餐和甜食时突然哭泣起来。三个地方不同，第一个是在法兰克福郊外一个古堡酒店的餐厅里，第二个是法国南部一个建在埃兹小镇的临海峭崖上的酒店餐厅里，第三个是在西班牙伊维萨岛裸体海滩旁的海鲜餐厅。我问她们为什么哭，为什么生气，有什么事不开心，三个人的回答都是相同的。

"不知道为什么，泪水自然而然地涌出来……"

"我想讲给你听的事其实很傻。"

"是不是你儿子的事？我也有儿子，如果能回答的话我会回答。"听我这么说，青木美智子摇头说："很无聊的。"初中时代令人熟悉的面容至今仍然留在青木美智子脸上，看着她的大眼睛、嘴角以及她用左手梳理头发的动作，我似乎理解了三个女人哭泣的原因。在最高级的餐厅，有最精美的西餐和甜食，还有企盼天长日久但无法圆梦的情人，这种人生的瞬间不会永久持续。完美的西餐和甜食所象征的东西不会构成现实，现在所吃的生姜风味的巧克力蛋糕也已经超越了蛋糕的范围，让人觉得它具有某种抽象性。如此花费精力研究材料和制作方法，依照严密的科学方法制作出的糕点，对我们这个世界究竟有无必要？我的脑海里浮想联翩。欧洲的一部分特权阶层大概是毫无感慨地、平淡地品味着这种精美的甜食。

“你给人的印象是经常在这样的餐厅吃高档菜。”

“别瞎说！”听青木美智子这么说，我喝了一口餐后酒雅文邑白兰地，摇头道，“每天吃就没有意义了。”

“是不是偶尔吃才觉得好吃？”

“如果真是好吃的东西，每天吃也不会腻。不是这个意思。”

“如果那样，我觉得每天吃挺好。”

“我们活着不是为了吃好东西。”

“有人说活着就是为了吃好东西。”

“是的，是有这种人。”

“你不是这种人？”

“不是。”

"太好了。"青木美智子笑出声来，"我们还能见面吗？"

"可以，当然可以。"

"为什么你总是对什么都那样自信呢？为什么你会觉得还能见到我？"

"如果你心里盼望见面，你会为此想方设法。如果你心里企盼着见面，就肯定能如愿以偿。"

"你和以前一样，一点儿都没变。"青木美智子说着又笑了起来。我刚想说"没那回事儿，很多地方都变了"，话到嘴边又咽了回去。

我送她走到出租车站，分手时和她握了一下手。回想起来，我们在一起吃饭和握手都是第一次。

第二夜

Rillettes de lapin aux fines herbes

法式香草乳兔酱

乳兔酱是将乳兔肉用黄油炒熟，放入胡萝卜、洋葱、芹菜，
分数次注入白葡萄酒，加入香草，盖上锅盖，置于烤炉小火慢煮。
然后将乳兔肉放入食物搅拌器磨成肉酱，滤过之后即成。
在烤熟的面包片上先涂以用番茄、蒜和香草精制而成的蔬菜泥，
然后添加香草乳兔酱。
这是一道面包佐肉酱的绝妙风味法式特色菜肴。

◇◇◇◇◇◇◇◇◇◇◇◇◇◇◇◇◇◇◇◇

回到东京之后，脑海中经常浮现出青木美智子的身影，几次想给她打电话，都拿起听筒拨打她的电话号码了，但在听到呼叫声之前又挂断了。并不是因为我记起了初中时代的羞涩和紧张，而是没有什么该说的话题。即使只说几句下次还想见面之类的客套话，对于我们这个年纪的人也需要说服自己的理由。

每次想起青木美智子都是在无精打采的时候、睡眠不足的时候、工作繁忙间隙喝上一杯威士忌的时候、醉酒后第二天无所事事的时候、在首都高速公路上遇到塞车的时候，这并不是说她对我只起到负面作用。青木美智子是我内心伤感的源泉，浮现在我脑海中的影像是初中时代和现在的青木美智子交错复杂的图像。在豪斯登堡那个餐厅里相对而坐的有时是初中时代的青木美智子，而在令人留恋的校舍的角落和操场的沙坑旁并肩而坐的有时是已经人到中年的她和我。

你究竟想追求什么？我多次扪心自问。你已过不惑之年，难道想和初恋的女子重新谱写一段恋爱故事吗？透过连衣裙都可以看得出青木美智子肉体的松弛，即使客观上允许你抚摸她的肉体，结果你又能达到什么目的？难道这样会增强你的信心吗？我这样自问自省，终于还是无法坦诚面对自己。

我曾经和高中时代的女友相隔二十多年重逢过一次。当初我们同是英语话剧小组的成员，她是剧组里所有男生的偶像。毕业后不久我便失恋了，她和比我们高两届在九州大学医学系的学长谈上了恋爱。现在那个医科毕业生在法兰克福的心脏病研究所工作，是血液免疫学领域的世界权威。他们俩有两个孩子，我们重逢的时候他们全家都在场。"这个人是妈妈从前的男朋友。"她丈夫对孩子们说。"不对，你们的妈妈是大家都崇拜的偶像，我也喜欢过，但最后还是你们的爸爸赢了。"我们说着，这时候，我觉得这就像是好莱坞青春电影的一个场面。他让我们单独交谈了三十分钟，我们回忆了许多往事，因为我们同样生活在六十年代后期有美军基地驻扎的小城，我们有共同的经历。那次重逢之后，我曾经往德国给她打过几次国际电话。

初中时代则不同，那时的记忆仿佛发生在另外一个世界，已经具有新鲜完美的结局，我这个人到中年的男人现在和青木美智子联系上了，但无法再现那个灿烂辉煌的时代。初中时代不能像高中那样抽象化，就好像是珠宝的矿石一般，不允许研磨加工。

我还是喜欢初中时代。

大概那个时期已经体验了所有的人生的本质，现在无法改变这些。

夏天，邀请古巴乐队举行的晚会圆满结束。秋冬交替时分，我再次来到豪斯登堡，下午在长崎市举办了一个演讲会，晚上就住在豪斯登堡的一家酒店里。

"你也有点儿瘦了。"

我们和上次一样，在欧洲大饭店的大堂见面，在酒吧喝了一杯以后便来到"爱丽达"餐厅。"夏天大概有一个月陪古巴乐队录音什么的，很辛苦。"我说道。青木美智子的腰身比上次消瘦了许多。上次那个夜晚，她身穿一件宽松的素色连衣裙，这次则迥然不同。她身着一套束腰的红色西服套装，"你也有点儿瘦了"的言外之意也许是"你不觉得我瘦了很多"，于是我喝了一口雪利酒之后，便赞赏了她的身材。

"你真这么觉得吗？"青木美智子满面春风，笑容灿烂，"你是不是以为我为了见你才减肥的？"

我不知道该怎么回答，她突然笑出声来说："当然，这也是其中一点。在那以后，有一个推销员来我家，卖内衣的，看了我的身材说最近出了一种新产品，拿出来我一看，那件内衣就像从前上体育课时穿的肥大短裤，我想大概我就适合穿这种内衣，觉得特别窝火，而且还要见你，于是我下决心减肥，开始去游泳馆练习游泳。我减了八公斤，又能穿上这件衣服了，最吃惊的是我老公。"

当我们和上次一样开始品味法国夏山-蒙哈榭白葡萄酒时，第一道菜端上了餐桌，那是法式香草乳兔酱。青木美智子和我相对而坐共进晚餐，她的丈夫如果知道会作何感想？我脑子里胡思乱想着。在游泳馆锻炼减肥，穿上珍藏在衣柜里的红色套装，她的丈夫送妻子出家门时会是一种什么心情呢？

从这里到长崎市内坐出租车也要一个小时，回家大概已经是深夜时分，而且吃的是精美的西餐和美味的葡萄酒。我想：如果是我的话该怎么办？如果自己的老婆要去和老同学共进晚宴，经过一番减肥后，穿上大红套服，精心化妆，亲眼见到这些，我是否能放心送老婆出家门？

我心里抱怨自己胡思乱想，然后品尝了一口香草乳兔肉酱。肉酱到了嘴里的时候，我立即想起了那种口感。口腔黏膜、舌头、牙齿、喉咙。兔肉酱在口中不断地移动，但感觉是相同的，那种感觉闪现在口中，转瞬即逝。各种感觉交替闪现，不过所有的感觉到达喉咙时便悄然消失。法式香草乳兔酱是一种可以长期存放的食品，因此比汤之类的味觉在口中消失的过程要长。我想长时间沉浸在这种美味之中，但同时想到有时短暂才更有价值，与此同时，甚至会感到一种将宝贵的生命扼杀之后摄入体内的罪恶感。

我告诫自己说：感官的感觉不可能持久，没有长久不衰的芭蕾舞明星，即使莫扎特作品的优美旋律也终究会曲终人散。而且，五官感觉之外的东西也会消失殆尽。夏山-蒙哈榭白葡萄酒的金黄色光泽、香草乳兔肉酱这道美味的前菜、青木美智子略带羞涩的笑容，这一瞬间只要能享受这些就心满意足了。她的丈夫现在和孩子们在一起究竟在想什么，这些都与我无关。这么想着，肉酱的美味渗透到了我浑身的所有角落。

青木美智子吃完前菜之后，抿了两口葡萄酒，收起笑容凝视着窗外。窗外的运河上灯火辉煌，同雄伟壮观的欧式建筑交相辉映。

青木美智子将目光转向我，刚想笑又戛然而止，突然问道："自闭症你怎么看？"

"为什么问这些？"我反问道，忽然想到也许她上次说要商量的就是这事儿。

"我那个上初中二年级的儿子最近总是缠着我问为什么家里从没客人来。"

"客人？"

"他有时去别人家玩，看到人家的兄妹和妈妈都叫来朋友在家里聚餐或喝茶，非常热闹，便抱怨说我们家为什么总是只有自己家里人，太封闭。"

"你接着说。"

"他说家里太封闭，觉得自己好像也得了自闭症，朋友们都远离自己。你觉得怎么样？"

"自闭症不是这样，真正患上自闭症的人不会说自己有病。"

"我也这么想，不过我不知道该怎么跟儿子讲，他最近连学校也不想去。"

我觉得有些扫兴，便问："你老公是干什么的？"咨询大概就此开始了。

"是老师，小学老师。"

我的父母也是老师。

"他是一个老实人，儿子稍微有点发烧不想上学，他就让儿子在家睡觉，我很生气，吵着让儿子去上学。暑假完了之后，逃学的次数越来越多，最近和我还有他爸爸都不大说话。"

"初中二年级的男孩子其实很难理解。"我说，脑子里思索着青木美智子为什么突然谈起她的儿子。

"不过你当时不是很活泼吗？二年级的时候我们虽然不是同班，但我记得这个季节你好像总是踢足球，对不对？我记得你那时不是跟老师吵架就是挨老师骂或者挨打，要么就是踢足球或打棒球，我记得你总是在笑。"

"那也不对，如果是那样的话，我不成了四肢发达头脑简单的傻瓜？"

"我不是说你是傻瓜，我觉得那样容易理解，我们家的儿子真是不知道他在想什么。"

"你选修过教育课程，应该比我更了解儿童心理才对！我不太理解现在的小孩子。不过，我记得一点，那是初中二年级的时候，我爸爸特别喜欢带着全家人开车兜风或者郊游，怎么说呢，就是现在所谓的户外消遣的先驱。老爷子现在还爱开越野车，小时候我很喜欢兜风啦郊游啦，还有宿营什么的，爸妈都是老师，家里也并不太富裕，分期付款买了一辆小型轿车，找个人少的地方就开锅煮饭，做些咖喱饭全家吃一顿，然后打羽毛球。虽然只有这些，但那时候真是很开心。正好就是初二现在这个时候，当时足球俱乐部从其他各个俱乐部挑选手，我也被选上了，记得棒球队六个，排球队三个，篮球队两个，田径队两个，剑道队一个，用现在的话说我打前腰，那个时候还没有这种说法，当时叫前卫。前卫就是高吊传中，打法很简单，我左右两边都能高吊传中，这在当时的孩子里不多见，棒球队里和我一起练双杀的游击手滨野头球很棒，我们两人经常一起练习高吊传中和头球射门。上了初二以后，开始觉得和家里人一起去兜风和郊游很麻烦，并不是我讨厌我父亲，我的性格喜欢让别人高兴，即便是自己的父母，所以他们叫我一起去大村湾钓鱼吃烧烤，我即使心里不愿意也跟他们一起去。有一天，正好是现在这个时候，我们准备下一周和三年级比赛，我想和滨野练习足球，训练左右脚高吊传中，达到百发百中，这时我父亲说要带我去弓张岭山后放风筝，我当时是第一次，平生第一次拒绝了他。那很需要勇气，不过我无论如何都想去练习高吊传中球，想熟练掌握一脚就能传到滨野头前的那种传中球，那就是初二，那时候的事现在都还记得……"

Sauté d'oreille de mer et petit ragoût d'aileron de requin

香煎五岛鲍鱼 配烹煮鱼翅

鲍鱼用高汤慢火煮熟之后，切成薄片，加入普罗旺斯产黄油煎熟。
鱼翅泡发之后，用鸡汤略煮，加入生姜、葱、
蒜以及法式清汤和白葡萄酒烹煮，放入盘中佐配香煎五岛鲍鱼。
鱼翅柔软的胶质和鲍鱼的口感交织成一体，
散发出大海的气息和芬芳。

◇◇◇◇◇◇◇◇◇◇◇◇◇

青木美智子双手托起白葡萄酒杯，在手中轻轻摇晃，领略了一番酒液的芬芳之后抿了一口，静静地听我说完话。

　　"你一点儿都没变，说话的腔调和声音。"

　　"不可能，我从前是九州口音，现在人到中年，声音沙哑了许多。"我说得口渴，没有喝葡萄酒，喝了一口冷水。身穿燕尾服的侍应生为我添加矿泉水时说道："下一道菜您应该很熟悉。"那是香煎五岛鲍鱼配烹煮鱼翅。

　　"我家的儿子和你一点儿都不一样。"

　　青木美智子喝的白葡萄酒要比上一次多，大概她在担心儿子的事。逃学的孩子并不仅仅是因为讨厌学校。

　　"基本上是一样的，有没有精气神并不是关键，我当时如果出了一点岔子，也可能不去上学。"

　　"你瞎说！"青木美智子用右手捂着嘴笑着说道，"那时候，不只是你一个人讨厌学校，但没有像我家儿子这样的学生。现在呢，你知道吗？有的学校一个班有四五个人长期旷课。为什么从前没有这种事？"

"生活越来越富裕，心灵则越来越贫乏。人们经常说的。"

"是真的吗？"

"当然不是真的，哪有这种事儿！这其中的原因很复杂，不仅仅是校园暴力的问题。"我心里觉得这个话题越谈越麻烦，但还是讲解了日本和美国在社交恐惧症方面表现出来的不同症状。具体来说，在美国，无论是在社会上还是在夫妇间，都要坚持自己的主见，因此和他人交往时需要很大的能量，社交恐惧症是由于客观原因，比如神经衰弱或者生病体弱。而在日本，包括在家庭内部，大多数情况下一般人不能坦率地表达自己的意见，人们很重视心领神会，要维持良好的人际关系，所以心理压力较大，有时不愿意出头露面，这样便患上社交恐惧症。

"也就是说，我们现在正处于从日本类型向美国类型转变的过渡期？"

听青木美智子这么说，我又摇了一下头。这个话题真是越说越麻烦，我觉得金黄色的夏山-蒙哈榭白葡萄酒不适合在谈论社交恐惧症之类的话题时品味。这并不是说必须在对话中谈到男欢女爱之类的内容，但喝这种酒实在不适宜谈论儿子的社交恐惧症，因为它芬芳的气味过于性感。

"不是，这个国家的体系没有丝毫改变，只是变得更坏，而且，人们都对此无动于衷，因为人们都想不出任何对策，对于世界，人们认为那似乎是另外一个星球而漠不关心，现在的人们都坐以待毙，国家的政策目标最近是日元升值，然后改变为储备资产。成功人士，也就是社会标榜的楷模，都热衷于收购海外地产和并购企业，对不对？热衷于赞助大型活动也是一样。因为没有了外部的敌对势力，所以为了团结内部，这个集团必须经常找一个人作为牺牲品，校园内施虐原因就在于此，人们不允许有独立的价值观，孩子们要比大人敏感，在这种环境下不感到窒息才怪呢！"

"这么说来，难道像我家儿子这样的孩子才是正常的吗？"

"我并不是这个意思。"我又喝了一口水，"我并不是说有社交恐惧症的孩子们是正常的，只是他们更敏感、更诚实罢了。"

"那么应该怎么对待我儿子？"

"你是老师，应该自己动脑筋想办法。"话到嘴边没有说出来。面对初恋的女孩，我说不出口。

"我希望自己的儿子是个像你那样的学生。"

"是真话吗？如果你儿子像我，那你就要操心了。"

"有一件事，我一直想如果再见到你一定要问问。"

"什么事？"

"为什么你总是跟老师作对？你当时和其他同学不一样，老师打你时不是用牛奶瓶就是用砖头，是不是？我们学校的老师没有没打过你的。我记得你在新来的音乐老师的钢琴里放了很多蚯蚓，对不对？"

"是蜈蚣。"

"不管怎么挨骂，怎么挨打，你都一直淘气。我当时甚至觉得你是不是脑子有病。"

"我是想引人注目。"听我这么说，青木美智子又用右手捂住嘴笑道："你这么说我就明白了。"

"我并不是对谁都想引人注意的。比如，我当时想让你记住我的相貌或者名字。"

"如果是那样的话，真是没有必要那么和老师作对呀。你功课挺好，棒球和足球也很棒。"

"我真是那么跟老师作对吗？"听她这么讲，我觉得自己似乎是个很不正常的初中生。

"是啊。"

"坏了，我渐渐觉得自己好像是个不正常的人。"

"是不正常！"

"别这么说嘛。"

"并没有其他意思，我当时真是想，你为什么会这么干。你和小痞子不一样，周围人也没有躲着你，你没有必要故意跟老师找茬。"

"我自己觉得很正常。"我喝了一口葡萄酒，接着说道，"我不知道你那样想我，想起来，我们从来没有谈过这些。"

"矢崎。"青木美智子双手托着下巴盯视着我。

"什么？"我也注视着她的眼睛，眼神中传达出信号，希望尽快结束社交恐惧症之类的话题。

"你跟老师作对，挨了那么多打。"

"怎么还没完？"我心里想。

"你自己觉得开心吗？"

听她这么一问，我感觉自己像坐飞机坠入乱气流中一般，慌乱得一时找不到合适的话语，不知该如何作答。"是不是开心？怎么净提怪问题？"正当我胡思乱想的时候，第二道菜端上来了。香煎五岛鲍鱼配烹煮鱼翅。打个比方说，在迈阿密的夜总会想叫两个陪酒女郎，没想到莎朗·斯通和麦当娜同时飘然而至，这就是这道菜的感觉。鲍鱼与鱼翅相互影响，互相衬托，菜盘中漂荡出海洋的气息。这道菜并不是直接散发出强烈的海洋气息，而是经过了人工调整，这就如同德彪西的乐曲里荡漾着诺曼底沿岸海洋的形象一般。也就是说，这种形象隐含在乐曲之中，人们在脑海中通过音符寻求着大海的形象，于是影像不断在脑海中扩散开来。

"暑假我们一起去过海边，你还记得吗？"青木美智子似乎不约而同地和我想到了一起。

"记得。"我答道，"那一天是第一次也是最后一次看到你穿游泳衣。"

"你在白滨海岸说要下海抓海螺，就去潜水，你还记得吗？佐世保的孩子都知道白滨海岸那样的沙滩边上，大海里是没有海螺的，但你说总会有一两个，就一直下海潜水。还记不记得？"

"我潜水比较拿手，我曾经捞到过三百个海螺，吃不了，我妈拿去分给邻居都花了一个星期。每天都吃炒海螺，到了第五天，我爸爸发火了。"

"我不是说这个。"

吃完盘子里的鲍鱼和鱼翅，青木美智子一口气喝光了杯子里的葡萄酒，顿时满脸通红。她那个患自闭症的儿子如果亲眼见到自己的母亲欢笑愉悦地品尝着美酒佳肴，该作何感想？鲍鱼与鱼翅滑过喉咙之后，海洋的印象仍然留下余韵，就像夕阳下的宁静海滨被微风不停吹拂着似的。

"你还记得解剖青蛙吗？吃饭时说这个不太合适。"

"不，我不记得了。"

"有一种食用蛙，是不是？你说青蛙在法国和中国是贵族享用的食物，于是在酒精灯上烤完之后分给大家吃。"

我想起来了。

"大家都没吃，在白滨海岸也没有抓到海螺。"

我渐渐明白了青木美智子想要说什么。

"你到底想说什么？"我看着青木美智子满面桃花的面庞，催她说完。看着女人美丽的面容逐渐放松舒展开来，实在让人感到惬意，我突然想到，这可能是我第一次没有心怀非分之想和一个女人品尝法国美食佳肴。

"你那时的样子呢。"青木美智子似乎忘记了儿子的事情，又喝了一口侍应生为她添上的葡萄酒，"对了，就像是古代的，石器时代那样的原始时代的人。"

"你这可有点儿太不像话了！"

"你听我说完呀。你是那种特意跑到远处打猎，抓来野猪分肉给大家吃的人。"

"你是说我善于打猎吗？"

"是有这层意思。总之，你喜欢看大家的笑脸，那很开心吗？刚才吃鲍鱼之前想问的就是这个，你并不是为了自己才潜水抓海螺，对不对？"

我从前没有听到有人这样评价我，实在很意外。原来青木美智子认为我是喜欢蛮干的傻小子。

"也许并不是完全为了奉献给大家，但如果大家高兴，你也会很开心，对不对？"

"是的。"

"你当时竟敢当面对老师们说：'义务教育本来是老师应该好好给学生上课，尽量讲解明白。你不就是趁战后混乱拿到的教师文凭吗？有时间抹头油，还不快回大学补一下课。'我都不敢相信，有人敢面对面跟老师说这种话，所以你才挨打。"

"是啊，是要挨揍。"

"你记得理科老师里有个让人讨厌的胖子吗？"

"是肥仔吧？"

"对，肥仔上课时在黑板上好像写错了什么。"

"那家伙将 Ammonite（菊石）这个词错拼成 Amonite 了。"

"你把它拍下来了吧。"

"那个时候我热衷于照相，我爸刚给我买了一架奥林巴斯相机。"

"你把老师和黑板拍下来，家长来学校参观时，三年级的所有教室都贴满了照片，上面写着：'谁都会犯错误，肥猪也会出错！'是那种放大的照片，我现在也还记得。"

"我不能饶恕那个家伙，他总是掀女生的裙子，在学生面前耀武扬威，对教务主任和校长总是点头哈腰，骂功课不好的学生是垃圾和渣滓，身材像个肥猪却整天洒香水。我绝对不能原谅，我一旦心里下定了决心不原谅对方，就绝对不能原谅。"

"不过，后来见肥仔打你，我们都想你是替我们挨打。"

青木美智子收起笑脸，认真地说着……

Soupe de pintade à l'anis étoillé

茴香风味珍珠鸡汤

用珍珠鸡、香菜、茴香煮成高汤，过滤制成清汤后放凉。
配菜是鲜奶油拌黄瓜、青椒、樱桃萝卜，
珍珠鸡胸肉煮熟后切丝。
鸡汤和配菜口味高雅，搭配绝伦。

◇◇◇◇◇◇◇◇◇◇◇◇◇◇◇◇

我记起了那个外号叫肥仔的老师那臃肿的脸庞和肥胖的身影，肥仔喷洒的刺鼻的古龙香水气味也在脑海中浮现。

　　"想起来了吧？"青木美智子问道，我微微点了一下头。

　　"一看就知道，你一脸的不高兴。"青木美智子双手托着白葡萄酒的酒杯，笑着说道。

　　"他还活着吗？"我问道。

　　"不知道，那种人反倒长寿。"

　　"为什么他总是用那种令人恶心的古龙香水呢？"我低声说道。青木美智子微笑着摇了一下头。古龙香水的气味十分刺鼻，那种记忆不知深埋在脑海中的何处，现在突然复苏，刚才的鲍鱼和鱼翅等佳肴的记忆便荡然无存。那个时候还没有法拉利、阿玛尼、酩悦等世界名牌，他究竟使用什么牌子的男士香水呢？没有爱马仕、雅男士，就连欧仕派也是我高中毕业第一次去东京时才见到的。我记得当时有一些如丹顶鹤或者佑天兰等不知名称从何而来的杂牌香水，难道肥仔用的就是那种香水吗？

他的脸肥胖硕大，挺着巨大的肚皮，不知道吃什么才会这么肥胖。那个时候吃寿喜锅也不可能吃到很多牛肉，我们家吃寿喜锅时，我爸爸总是训斥我不要光挑肉吃。第二天早饭必然会用寿喜锅的残汁煮面条或米饭之类的，这是五六十年代地方小城市的家庭普遍习惯。那时候，如果在残羹剩饭里发现一片牛肉，那种惊喜有时会引发惊恐。那种年代不知为什么会出现肥胖过度的人，肥仔平时到底吃什么呢？庸俗的美食评论家曾经撰文写道：同样都是肥胖，吃肥鹅肝、北京烤鸭和吃牛杂碎，脂肪的厚度不同。我不知道究竟有什么不同，总之，肥仔很胖。

我没有碰过他，具体情况不太清楚，他不是那种厚实坚硬的肥胖，而是肥肉表面没有弹力的虚胖，就像青虫一样。大概他拼命吞食当时能够吃到的所有高热量的食物，不管是什么，只要能吃的东西就来者不拒，他全身一直都散发着这种气息。他的脸庞和肉体简直就是贪吃这个词在肉体上的体现。这样的家伙却全身喷洒古龙香水，那种刺鼻的气味十米开外就能闻到，每次我都觉得十分恶心。

他的头发涂满了头油，油光发亮紧贴头皮，下面是稀疏的眉毛和一双充满恶意的鼠眼。他脸庞臃肿，鼻孔硕大，因此有一个外号，人称"氧扒"，就是偷窃氧气的扒手的意思。我曾经几十次不厌其烦地对他说要去保健室，当肥仔询问理由时便回答说："我喘不上气来，有人霸占了氧气。"每次都会挨肥仔的拳头。他特别偏心，学习成绩不好的学生总被他恶言辱骂，而班级委员中比较听话而且中午休息时为他揉肩的家伙则受到偏爱。他在校长和教务主任面前毕恭毕敬笑容满面，总是嵌着镀金的袖扣，穿着一套颜色肮脏的杂色双排扣西装。他是我初中时代的头号死敌。

"你怎么啦？"

肥仔的回忆十分清晰地浮现在我的脑海，我心中涌现出一股不可名状的怒火，这时青木美智子问道。如果她不坐在桌子对面，也许会摇晃我的肩头。

"不好意思。"我说道，"我想起了肥仔。"

"吓死我了。"青木美智子说着，焦虑地紧盯着我的眼睛，"你还是变了。"

从刚才开始，青木美智子便收起笑容，像观察动物或昆虫那样注视着我。难道是我在回想肥仔的时候做了什么怪事吗？

"我做了什么怪事吗？表情什么的。"

"那倒不是。想起肥仔老师，是不是你还在生气？"

"是啊。"

"可事情已经过去了二十五年。"

"那倒是。"

"二十五年了，一个世纪的四分之一啊。"

"确实如此。"我喝了一口蒙哈榭白葡萄酒，苦笑了一下，"有的人说我过于纠缠不休。"

"哪里只是纠缠不休。"

"我听说过中国人对于日本在战争中的暴行可以饶恕但绝不会忘记，我对于像原木那样的家伙虽然平时不记在心上，但绝不会原谅。"

"不过……"

青木美智子用试探性的眼神盯视着我，那眼光又回到二十五年前在木板房的教室里，副班长看着班长的眼神："矢崎，别老在那里强词夺理，打扫好教室再回家！"

"又不是犯了杀人、强奸、抢劫罪，他只是一个中学的理科教师，经常打你罢了。"

"这和他打我没有关系。"听我这么说，青木美智子脸上显得十分意外。

"即使他没打过我，我也不会原谅他。如果不是和那种家伙相处了三年，假设就是看了描写他生平的电影，我也不会原谅他，本来也不可能有那种电影。"

"嗯，你这么说我倒能理解。"

"我不能原谅的不是那家伙本人，而是那家伙代表的一种类型。"

"他代表什么呢？是色鬼？还是偏心？或者是对上司卑躬屈膝？"

"那只是表面现象，那家伙的外貌，从头顶到脚尖，身体上的每一个蛋白质分子，包括他的话语、气味，他这个人活在世上不会为我们带来任何益处，当我们心情消沉的时候，见到他也不可能让这个地球上任何一个人感到心情舒畅！"

"你这话题越来越大了。"

"嗯，这是个大问题，那种人无处不在。"

"我呢？"青木美智子这样问道，调皮地笑着。

"你说什么？"

"我和肥仔老师不一样吗？"

"当然。首先，你长得漂亮。"

"不过，人长大了就会对自己敷衍了事，或者说灰心丧气，对不对？"

"如果你能认识到这一点就足够了。肥仔并不是这样，那家伙从来很自信，一般人有自知之明才不会成为那种人。十三四岁是人生中最自由奔放的时代，碰到那种家伙算我倒霉。虽说那家伙很可气，但他是个成人，而且是个老师，比我们要强大得多，初中生不可能是对手。"

"你承认自己失败了吗？"

"这倒不是。从前有一个摇滚明星讲过一个著名的轶事，你知不知道？那个人家庭贫寒，去郊游也没法带野餐盒饭，只用报纸裹上一个面包，大家都很同情他。那个人成了摇滚明星，现在发财了，但他说花多少钱都买不到那时候吃的盒饭。大概我现在从各种方面来说都要超过肥仔，能做他干不了的事，但这些都和初中时代没有任何关系。哎，和你一起吃这种美味的西餐，没想到想起了肥仔，真是晦气。"

下一道菜端上来了。是茴香风味珍珠鸡汤。

"喂，你觉得现在肥仔老师是活着好呢？还是死了的好呢？"

听青木美智子这么问，我摇了一下头。

"无所谓。"我说着喝了一口清澄透亮的鸡汤。山鸡浓郁的风味并没有被茴香中和，而是被凝固在汤里，鸡汤流过喉咙时我哑口无言，汇集在喉咙里要对青木倾诉的话语统统被压回到了体内。青木美智子表情也一样。我感到隐隐的不安，便停住喝汤，寻找该说的话。

"我第一次喝到这种味道的汤。"青木美智子看着我，似乎在问：你怎么了？为什么不喝？

"不是，喝了汤，我把想说的话都忘了，刚才你说什么来着？"听我这么一问，青木美智子笑了。

"你也真是的，我刚才问你觉得肥仔老师是活着好呢？还是死了的好呢？你说无所谓。"

他现在无论怎样对我来说都无所谓。我又重新开始喝汤。珍珠鸡和茴香的比例组合一定很正确，双方的味道完全没有中和或混淆，而是互相衬托。但是，不可思议的是山鸡和茴香各自的野味却已经消失。没有人会问"究竟应该说是什么味道呢、这是什么汤来着"之类的问题。的确从来没有喝过这种鸡汤，味道浓郁，珍珠鸡和茴香并未混淆而是互相衬托，但每种材料的味道却不张扬。

"这种汤是怎么做出来的呢？"青木美智子表情充满敬畏之意，喝完最后一口汤。

"这才是技术。"我说道。

准确而严密的技巧，只有这样才能将材料抽象化，这个鸡汤的味道是将材料抽象之后获得的。我喝着鸡汤思索着这些的时候，突然想起了刚才的话。

他只不过是一个概念，不论他是死是活都无所谓。肥仔对我来说并不是一个活生生的人，只不过是个概念。我本来想说这些话。我想起了这些，但现在已经不想对青木美智子说了。这道鸡汤似乎抹煞了肥仔这个邪恶的记忆。与其说抹煞，不如说将它抽象化了。

"味道真好。"青木美智子叹了一口气，"我明白你说的意思了。"

我对她介绍这个餐厅时曾经这样说过，世界上美味的餐厅不计其数，但是，令人叹为观止的餐厅只有豪斯登堡的"爱丽达"这一家……

我们沉默了片刻，眺望着窗外。运河的水面灯火辉煌，在清风和天鹅振翅拍击之下不断摇曳。青木美智子脸庞的侧面朝向我，她那温柔而略微红晕的面颊、下颏和喉咙构成一条绮丽的曲线，还有耳鬓的黑发，这些似乎丝毫没有改变，同时似乎一切都已改变。

"矢崎。"青木美智子脸朝向我说道，"你是代我们受过挨打的吧?"

"怎么说呢?"听我这么说，她调皮地笑道："我觉得是这么回事。"她用手向上拢着头发，像以前一样用试探的眼光注视着我。大概是那道鸡汤的作用，我平生第一次对这个年过不惑的老同学萌发出了一股欲望。

Filet de kisu rôti aux gousses d'ail

蒜烤多鳞鳝

这道菜的特色是蒜烤多鳞鳝配热烤马铃薯。多鳞鳝切成三片，
烧热锅，下黄油和少许橄榄油，放入蒜片，煎至金黄。
新马铃薯夹入黄油置于烤炉内烤熟。沙司是用胡葱、白葡萄酒醋、
白葡萄酒煮沸，再加入少许鲜黄油、橄榄油特制而成。
这道菜口味柔和醇厚。

◇◇◇◇◇◇◇◇◇◇◇◇◇

当我对什么人产生性欲时，我必定变得残酷，这并不是对于生性羸弱的女子而产生出的类似动物的攻击性，也不是我性癖怪异。比如说我对于著名的花腔女高音和歌剧女演员就毫无兴趣，我在东京常住的酒店就是国际选美大赛的指定酒店，每年秋初，世界上身材出色的美女云集于此。如果你和其中的几个人同乘一部电梯，会令人感到窒息。我为了练习会话，曾经和西班牙以及中美洲代表简单交谈过几句，那的确会令人兴奋，但不会产生任何欲望，就好像观赏古玩一般，鉴赏一番而已。

　　有的男人对于国际选美大赛的美女、女演员以及青春偶像抱有异常的热情，不过我认为这种男人并不是对于美抱有欲望，而只是想将一种高贵的身价据为己有罢了。他们只是想炫耀"我的女友是明星"，从而获得自信心。美丽的东西对我来说，可以使人精神振奋，获得勇气，但是决不是发情的对象。

　　这并不是我个人的特性，而是雄性动物的习性。动物为了发情，必然要调动自身体内的攻击本能。如果从小就生活在一起，亲情便会战胜动物的攻击本能，不会产生欲望。那种本性可以防止包括人类在内的所有动物近亲交配。面对天生丽质的女人，在她那高傲的自尊面前，动物的攻击本能会偃旗息鼓。看脱衣舞会激发情欲并不是因为看到女人赤裸的躯体，而是目睹丧失羞耻心的女人，轻蔑之心油然而起，唤醒了体内的攻击本能。女人有时会下意识地表达出某种暗示，只不过不像脱衣舞女那样露骨。这种暗示可能是香水的气味、眼神或一句不经意的语言，那就是"自尊"的一部分消失，"羞耻"崭露头角的征兆。当然，那并不是一种直接的信号显示她想和你做爱，也不是那种庸俗的概念表示她的戒心有所缓和，那只是雌性动物略微显露出的本能。

青木美智子用初中时代的试探性目光看我的时候，我的攻击本能便被激发出来。从这一点，我感到了年过四十却保留着少女时代痕迹的同班同学的女性本能。这使我萌发出残酷的本性。

"刚才不是讲起原始时代的男人吗？"

"嗯。"我点头应道。

"我现在终于了解你了。"

青木美智子双手捧着葡萄酒杯，一副心旷神怡的表情。记得从前曾经有个女人高声尖叫道："别以为你已经了解了我！""我不想让你理解！你根本也不可能理解！别装出一副理解别人的模样！"遗憾的是我觉得她的话正确，从那以后，我便放弃努力去理解他人，也不去介意别人是否理解我自己。

不过，我喜欢简单明了的那种人，简单明了的人生活原则也一目了然。

"你在丛林中猎到野兽，割下一块肉，想让大家同享，便把肉拿到大家面前，让大家吃，和大家同乐。你就是这种人。"

"你这么说，我不是有点儿像个伪君子？"

"不是。猎到野兽时，人一般先饱吃一顿自己最喜欢的部分，比如说肝脏什么的。我说的是一个人打猎的情况，吃饱了后想起让大家一同分享这种快乐。没有人自己饿着肚子还先送给别人吃，对不对？如果是家里人另当别论。食物不足的时候，如果抓到一头牛或一只鹿，那肉一定很多，我说的是这种情况。"

"不过，我从来没有吃过那么多肉。"

"我是打比方。真讨厌，亏你还是作家呢。"

"真讨厌，亏你还是作家呢"这种说法让我感到新奇可爱，甚至感觉到有些性感，我周围的女人没有这样说话。青木美智子因为熟知我的少年时代，所以才这样直率随便。她如此提醒我现在的职业，使人感到很新鲜。我们两人在一起玩的时候还是孩提时代，现在则不同了。

"这些我懂，我说的不是这个。我觉得我小时候和现在都不是家境富有的那一类。"

"我不是说你有钱。"

"嗯，这个我知道。"

"你还记得你那时候经常发明游戏吗？对了，你在地面画上一个大圆圈，在周围画上许多弯弯曲曲的线条，然后召集男孩子讲解规则，对不对？"

"这种事我确实很拿手。"

"我觉得你那时最快乐。"

"那是因为我很努力。"我欲言又止，因为努力这个词和现在的气氛不太和谐。品酒师见到夏山-蒙哈榭白葡萄酒已经喝完，便拿来了一瓶法国勃艮第产的红酒，热夫雷-香贝丹。

接着端上来的是蒜烤多鳞鳝，沙司中飘散着黄油的芬芳。几个小时之后，我在欧洲大饭店自己的房间的睡床上，从青木美智子的肩膀闻到了这股芬芳的气息。那不是从她的口中，也不是从她的黑发中间，更不是从她那微汗津润的手掌、腰肢以及腋下，而是从她那浑圆白皙的肩头飘散开来的。

我和青木美智子走出"爱丽达"餐厅，没有坐出租车，而是徒步走到酒店。两个人喝了三瓶葡萄酒，然后又各自品尝了一杯苹果白兰地，因此想走在街上吹夜风。时间是晚上十点半，广场和大街已经悄无人声，走在大街上，如同行走在欧洲的城镇一般，油然产生了一股莫名其妙的紧张感。钟塔在广场的石板上拖出长长的黑影，运河的水面在微风中起了涟漪，不断传来波涛拍击岸壁的水声。乌云笼罩着夜空，身后的山脊和低垂的云海浑然成为一体，建筑物上的灯光一个接着一个地消失在夜幕之中。

青木美智子在右侧尾随着我，我想说句话打破我们之间的沉默，比如"今天的菜实在好吃"，或者"再过三四十年这里大概就完全变成欧洲的城镇了"、"你们有时是不是去海边度假"这一类的闲话。我感到脸颊异常火热，听到她在我身后急促的呼吸，我们都沉默无语。我感到任何话题都不自然，似乎每迈出一步，迎面扑来的空气都带着甜腻浓密的湿气。

"喂，"突然青木美智子叫我，"好像就只有我们两个人。"

"是啊。"我答道，醉意和散步使我感到有些口渴。"你记得吗？电影里面经常出现的场面，地球被透明的宇宙人征服，街上空无一人，是吧？"青木美智子身穿红色套服，系着一条宽大的胭脂色珐琅皮带，脚穿一双平跟鞋。皮包和皮鞋皮带同色，并不是名牌。如果是白天，看上去可能有些俗气，但在这个虚构的欧洲城镇，在夜晚的街上，在两个人的小世界里，一切都显得格外妖艳。现实的感觉变得淡薄。"这个城市造得很逼真。"青木美智子站在广场中央，环视周围。石塔和建筑物耸立在夜空，和灯火交相辉映。广场上只有我们两个人，青木美智子脸庞红晕，倒背双手，站在石板路上，注视着我。回忆浮现在脑海里，我觉得以前似乎目睹过眼前的情景，好像我置身于一个事先布置的景色里面。青木美智子的声音环绕在耳边。

"真讨厌，亏你还是作家呢。"

初中时代，我们从来没有两个人独处。我在想，那个时候我们曾经做过这样的梦吗？我们都已人过中年，品尝从来没有想象过的美味佳肴，品味葡萄美酒和苹果白兰地，置身于夜幕之下的虚拟的欧洲城镇。我凑近她，青木美智子用试探的目光注视着我，当双方近在咫尺之时，她身体僵直，伏下头去。"有点儿口渴。"听我这么说，她点了一下头。"到我房间喝点水吧。"听到我的话，她微笑起来。

我们默默地穿过欧洲大饭店的大堂，踏着走廊上厚重的地毯，走进房门时往昔记忆的影像仍然没有消失。房间是朝向运河的一间套房，地处虚拟的欧洲城市街道的延长线上，家具、摆设还有照明都是统一的格调。现实感仍然没有恢复，我从冰箱里取出一瓶依云矿泉水，抬头找青木时，却不见她的身影，只有白色的窗帘在微风中摇荡。透过摇晃的窗帘，只见青木美智子赤裸着双脚，正在阳台上眺望运河。我抱住她的双肩低声说："不必脱鞋的。"这时，我感觉到她的身体在微微颤动。

"记住！一定要关上灯！"青木美智子说完便走进浴室，然后围上一条浴巾钻进床单里。我像触摸古董玻璃艺术品一样小心翼翼地抚摸着她的身体，这时，回忆中的影像依然浮现在脑海中。房间里一片漆黑，刚才她从浴室闪现出来时，浴室泄露出来的灯光映出了她的身影，之后，我只能借着窗外透进的微光欣赏她的躯体。我用左臂搂住她的脖子，大概搔到了她的痒处，她笑了起来："我不太习惯这些。"她闭住双目，我吻到她的嘴唇，她突然睁开了眼睛。我抚摸她的身体右侧时，感到她已经大汗淋漓。"看来你是个老手。"青木美智子轻声说道，又笑了起来。

我用手分开她的头发，露出耳朵，轻声说道："不许笑！闭上眼睛，绝对不要睁开。"我正要解下她身上的浴巾，发现她的身体在微微抖动，她紧紧并住双腿，嘴里轻声说着什么。"不要说话。"我说，"你听我说，不要说话也不要笑。"听到我的话，她点了两下头。

我想起蒜烤多鳞鳝是在我们已一曲终了，我从她的身体上滑下的那个瞬间。从青木美智子身后的房间角落里飘来一股芬芳。青木美智子的脖颈、肩头、侧腹沾满了两个人的汗水，但那股芬芳与此无关，就像无形的肥皂泡一般漂浮在空中。"你闻到黄油味儿吗？""什么？"青木美智子睁开眼，抬起头反问，那表情似乎在说不知道你胡说些什么，然后又侧首伏在枕头上。那股芬芳再次飘来，仿佛表面上略有焦糊，里面则柔软如棉，可以融化在口中。那道菜大概是用橄榄油烧烤成，黄油一点一点融化，汇入沙司，使沙司的味道变得浓郁。我想象着烤完多鳞鳝的橄榄油做成沙司的过程：取出多余的油分，倒入白葡萄酒醋之后再加入黄油，黄油融入沙司，为沙司添加出浓郁的口味和晶亮的光泽。

"你再冲个澡。"我对青木美智子说道，"我在阳台上等你，我们望着运河再聊一会儿。"

青木美智子围上浴巾，起身之前双手搂住我，吻了我的嘴唇。白皙的双乳上下摇晃，看着她消失在浴室的背影，我突然领悟了黄油的芬芳气味的来源，那是象征着成熟与罪孽的芬芳。

Veau braisé au champagne et choux chinois

烧茨城小牛肉 配香槟风味时菜

将小牛腿肉排放入锅中，用黄油煎至上色，移至另一锅内，
加青梗菜、番茄、龙蒿、蘑菇，注入香槟酒。加上锅盖，
放入烤炉，慢火焖煮。
香槟和配菜的清香衬托出牛排的鲜嫩、原味。

◇◇◇◇◇◇◇◇◇◇◇◇◇◇◇◇

深秋的晚风掠过运河的水面，抚慰着我们汗水流淌的肌肤。凉风清爽温柔，似乎连残留在皮肤上的罪恶感也一同抹去了。我注视着倒映在水面上的灯火，无声地道："管它呢。"我倒了满满一杯依云矿泉水，一饮而尽。听到喉咙发出的声响，我觉得自己就像俗套电影的男主角。

青木美智子赤脚走上阳台，坐在木椅上。"穿鞋没关系的。"听我这么说，她盯着幽暗的运河，悄声清晰地回答说："脚下冰凉让人感觉更舒服。"她坐在椅子上双腿交叉，轻轻摇晃着脚，趾甲上没有涂指甲油。我想起上初中时，有一次上完体育课，我曾经在水房偷看女生洗脚，心"怦怦"地狂跳。看到她那光滑的趾甲，十分钟前还在拥抱做爱的事实变得模糊暧昧了。青木美智子伸手端起杯子，缓缓地喝下矿泉水，不时地看着我微笑，动作和表情都十分自然，没有后悔，也没有矜持，更没有那种做作的亲昵，同晚上在"爱丽达"餐厅吃饭时没有任何变化，而我则不知所措，感觉有些不自然。我不知自己是否为她带来了性高潮，想到这里，顿感思绪混乱。不久，她开口说话了。

"你熟悉法律吗？"

她那清秀的面庞映照在窗户透出的灯光之中。

法律？究竟她想说什么？我心里感到一阵不安。

"明知对方已有家室，如果发生了关系，会被对方的太太告上法庭，是吧？"她面不改色，淡淡地说道。我大吃一惊，突然咳嗽起来，赶忙喝了一口水。

"我朋友里有一个这样的人，对方是一个政府官员，调任到长崎，他们在一个晚会上认识，一来二往便发生了关系，现在好像被对方的太太告上了法庭。配偶有诉诸法律的权利，你知道吗？"

我莫名其妙，不知道她这种时候为什么提起这种事，随口答道："知道。"两年前，一个做新闻记者的朋友的太太就起诉了丈夫的情人。

"不过，你不觉得这不合理吗？管住自己老公难道不是老婆的责任吗？"

"这我就不太清楚了。"我说，"现在人们经常说妇女权利越来越大，那个人的太太也是女人，详细情况不太了解，不好发表评论，如果精神受了刺激，可以上告法庭。"

"不过，一般情况责任都在男方，是吧？"青木美智子提高了声调。

"责任在谁并不重要，这不是刑事案件，不必抓犯人，我认为情感方面引起的纠纷双方都有责任。不可能责任在一方，从女人被地痞流氓强迫打了吗啡在窑子里卖淫，到男人被女人怂恿杀了别人，双方都有错，如果要用对错这个概念分析的话。不过，如果因为这场恋爱，某个局外人受到精神刺激的话，那就另当别论了。至于妻子认为谁应该负责的问题，如果有孩子，或者还有一丝爱情的话，那么肯定不会告自己的丈夫，而是告那个第三者。"虽然嘴上这么说，但是我心里产生了一种疑虑：这真是发生在她朋友身上的事吗？会不会是她本人？

"不过，如果上告法庭，大家都会撕破脸皮，是不是？这种事还是不要张扬的好，是吧？"青木美智子平静地说着。我突然想问她为什么突然提这种事，在我们做爱之后？但我不好提"谈点儿浪漫的话题"之类的建议，因为我感到内疚。

"那是当事人，也就是发生婚外恋的双方的狡辩。我也知道上告法庭不能消除心里的憎恨，但受到伤害的人想要挽回过去，走投无路的时候也是一种解决方法。"

"你有过这种经历吗？"

"没有。"我不高兴地答道。

"你的小说里经常有这种情节。"

"如果是真的话，写杀人小说的，不都成杀人犯了吗？"

"我不是这个意思，我觉得意外的是，你的小说情节不受婚姻、道德还有法律的约束，很自由奔放，不管是恋爱还是什么，都敢想敢干。"

我苦笑着摇了摇头。"没想到现实生活中的你却很实际。"说着，青木美智子调皮地看着我。看到她的表情，我才觉得她所说的真是她朋友的事。"无论从道德还是从法律方面讲，明知故犯的人必须熟知法律和伦理，比如街上的小痞子马上会被抓住，而黑道的大佬会雇一批优秀的律师，没错吧？没有人可以胜过法律，所以轻视法律就是傻小子，我说的就是这个意思。"

"你说的是不是会惹麻烦的人没有资格搞婚外恋？"

"这倒不是。我不是说有没有资格，而且任何人也会偶然遇上麻烦，重要的是努力减少风险。话题越说越远了。"

"嗯，我本来也没想说这些。你瞧，刚才我们没想到会那样。我带着一封朋友的信。"

"信？"

"我说今天要来见你，我朋友是你小说的忠实读者，她说你大概熟悉法律，便托我带了一封信来。"

"不是写给我的信吧？"

"你瞎说什么？是那个男的给我朋友写的信，你看一下好吗？"

那不能算一封信，而像是一张便条，它不是写在信纸上，而是写在一个大信封的背面。当然是复印件，而且写着她朋友名字的地方都被逐一涂黑。字迹看上去很认真，但内容却令人恶心。

"你一个人不寂寞吗？我比世上任何人都爱你，恨不得马上飞到你的身边，你再耐心地等一等……"那并不是因为内容充满甜言蜜语，也不是因为偷窥他人的隐私而产生的不愉快，是因为信中的语言丧失了活力。我问青木美智子："这个男的多大？"

"比我朋友小两岁，现在应该三十二三岁，上告的太太三十刚出头。现在无论怎么打电话，听说那个男的都不愿意见她，也不接她的电话。"

"那是肯定的。"我说。人都有过这种经历，只是程度不同。那个男人是否真的不愿见情人不得而知，也许现在想她想得快发疯了。不过，即使见面也没什么可说的，信上写着我比世上任何人都爱你，那是典型的苍白无力的情书用语，大概写信的时候这种心情是真实的，这对于写信的人和读信的人都是一个内容真实而且令人动心的秘密。

"这封信可以证明不是我朋友故意引诱对方，是吗？"

"可以证明。"我答道，然后把信交还给青木美智子。我感到秋风突然卷来了一股湿气，身上的汗渍似乎又倒灌回体内。那封信大概会在法庭上公开，个人的隐私经过一段时间会变成法律制度中的证据。俗套的语言会从我们这里夺走些什么，我们可以辩解说，写下这些话或说出这些话时那种心情是真实的，但这种狡辩没有任何意义。意志只有坚持到底才有意义，苍白无力的语言会夺去目睹这些词语的人的意志。

"你怎么了?"青木美智子察觉到我的表情,问道。

我凝视着运河低语道:"我觉得自己好像也写过这种信。"

"那肯定,你是个作家,会写得更好吧。"

应该改变话题,不说俗套的话该怎么办?我现在已经不爱你了,我现在和那时想法已经不同了,应该向对方坦诚表达自己的想法,是不是?

"对了,那道肉菜叫什么菜?"青木美智子换了一个话题。

侍应生端来一个大锅,揭开用面包封闭的锅盖,香槟的芬芳在整个餐厅飘散开来。"不知道叫什么。"我回答说。

"气味真香啊。"

"那种菜的做法很矛盾。"我说道。

"矛盾?"

为了得到香槟风味就用香槟焖肉,但弄不好肉排会焦干,火候很重要。既要充分焖进香槟的风味,又要不使肉排丧失水分,这个最佳的火候只有一点,也许就几秒钟。

"很短啊。"

我凝视着摇曳的水面,口齿变得很顺畅。其实并不是突然变得顺畅,是看着水面而不是对方的眼睛说话,也许人会更加动情。

"我那个朋友……"

青木美智子欲言又止,咬住嘴唇,将目光从水面转到自己的脚尖,双腿光滑,没穿鞋袜。我想,肉排丧失水分和语言丧失活力，道理是相同的。责任和道德并不重要。"对，火候很难把握。"我在青木美智子耳边低声说着，搂住她的肩，握住她的手，吻了她的脸颊和嘴唇。

"不知道什么重要。"我说。青木美智子紧盯着我的眼睛。"这个瞬间很短暂，所以我很重视这种时光。双方近在咫尺，触手可及，不必顾忌爱抚对方的身体，也没有任何人干涉，这个时光非常珍贵，你懂吗?"

"我懂。"青木美智子眼含热泪，点头应道。然后，她伸手紧紧地搂住了我。我可以听到心脏在剧烈地跳动，但不知道是我的还是她的。

"你那个朋友其实并不寂寞。"说着，我抬起身体，用手指抹去她的眼泪。

"那个朋友还是独身吗?"我问道，她摇了摇头。

Rôti de poire beurrée，et sa glace

金色焦糖洋梨 配蜂蜜冰淇淋

洋梨除去皮和核，切成六块，撒上砂糖，用黄油煎至上色，
浇上雪利酒。将面粉和蛋白烤制的薄片曲奇摆在洋梨上，
配上蜂蜜冰淇淋，以木莓酱、薄荷叶装饰即可。

◇◇◇◇◇◇◇◇◇◇◇◇◇◇◇◇

"他们没有孩子，却是合法夫妻，夫妻关系也还过得去。过得去的意思是以前也曾经有过一次同样的事。"

　　"同样的事？"

　　"和这次一样。"

　　"是偷情吗？"我问道。青木美智子点了一下头。

　　听她这么讲，我觉得可能不是她自己的事。但如果不是的话，那么刚才又为什么会流泪呢？尽管如此，我还是没有心思去刨根问底。因为我预感到无论答案如何，都会让我感到很寂寞。

　　"刚才，"青木美智子开口说道，"我流泪了，你不知道我为什么哭吧？"

　　"不知道。"我答道。我们已经松开了拥抱住对方的手。昏暗的运河对面，钟塔上时钟的时针已经转过了十二点。

　　"你还记得堀山嘉子吗？就是嘉子。"

　　上初三时，我和青木美智子是二班的正副班长。堀山嘉子是三班的副班长，兼任学生会秘书，她在女生中十分有人缘，也很有声望。

"难道是堀山？"听我这么说，青木美智子笑着摇手说道："不是，不是。不是嘉子，嘉子现在在四国还是什么地方，已经结婚，好像还有孩子。我和嘉子已经有十几年没见面了，不是她。从前有一次，具体时间我已经记不清了，我收到过她寄来的一封信。"

"什么信？"

"你没收到吗？"

"我没收到过。"

"其实我和她关系也不是那么亲密，不过大学刚毕业的时候，老同学聚会过一次，当然你没有参加，记得我和她谈起你，当时你刚刚出名不久，我们都说很嫉妒你。"

"嫉妒？嫉妒什么？"

"我们只不过说了心里话。"

"不过，为什么要嫉妒呢？老同学拿了个文学大奖，应该恭喜才对嘛。"

"当然我们也都为你高兴。"

"你和堀山嘉子没有理由嫉妒我嘛。如果是其他人，比如说老师或者讨厌我的那帮人嫉妒还可以理解。"

"不过，肯定会嫉妒的。我不记得怎么谈起这个话题来的。怎么说我们当时都是竞争对手，对吧？我们觉得输给你了。"

"这和胜负没有关系嘛。"

"你不懂，输了或者是嫉妒的心理其实是一种爱情的表现。"

"爱情？"我的表情显得十分吃惊，同时又感到一种顺其自然的安详。男人为什么总那么单纯幼稚？当我听到青木美智子说出爱情这个词的时候，我感到周身上下充满了温馨，心中涌现出一股自信心。我眺望着夜空、大理石的建筑以及运河，头脑中复述着爱情这两个字。

"你会很想和这个人处于对等地位，是不是？对等这话有点儿不准确，可以说是贴心人？或者说是留在美好记忆里的人？我说不好，但那样的人即使不见面，也会一直在心里惦记着，有时会突然想起来，那个人在自己的心中。也就是说那个人，一直守望着你自己。这是不是又说过头了？哎呀，反正我说不清楚。"

我替她说了。

"是不是想一直保留初中时代双方建立的一种心理上的充实感？"

青木美智子又说出了我心里预见到的那句话："作家就是用词准确。我和嘉子聊完之后，收到她的信，好像是同学会开完之后的第二年，嘉子和我不一样，在另外一个层次上喜欢你。"

"我第一次听说喜欢还有另外一个层次。"听我这么说，青木就像初中时代那样，在我手臂上轻轻拍了一巴掌："我不是说表达不好嘛！你那种挑人家字眼的毛病一点儿都没改！"

"矢崎，今天开班会，你可不能溜号呀。"青木美智子每次这么提醒我时，总是轻轻拍打我的手臂，今天她也像当年那样拍了我一下。当时我为了能接触到她的肌肤，有时是故意淘气的。女孩子嘴里说"真讨厌"时，有时会很自然地触摸男孩子的身体。有的男孩子不喜欢这样，有的女孩子不适合这样。但在初中时代，青木美智子那样轻轻拍打我一下，虽然仅此而已，我一整天都会沉浸在一种幸福感之中。想到刚才和那样的女孩子同床做爱，我似乎理解了青木美智子哭泣的原因。

"当时嘉子刚刚结婚，我记得最清楚的是她在信上说，终于从心理上获得了自由。她曾经对我讲过，十三四岁就遇上那样的人实在是一种残酷的事。喂，你明白这话的意思吧？她说的那样的人就是你！"

"残酷？"

"嘉子在信上说，如果长大之后具备思考能力和人生经验，再遇到像矢崎那样的人该多好啊。刚才呢，我哭的原因就在这里。你不是说过吗？这种时光转瞬即逝，所以非常宝贵。是不是？我感到突然得到了解脱，从儿子、家庭之类的束缚之中，还有从心理上输给你之类的想法之中，感觉变得轻松自由了。不过，那之后，或者说是同时，我觉得自己从一个束缚中解脱出来的同时，又被另外一个东西套住了。卸下一个包袱，刚轻松了一下，却马上背上了另外一个包袱。"

"于是就哭了?"

青木美智子点了一下头。

"有些悲哀,我说不清楚。"

"没有什么可悲哀的嘛。"话到嘴边又咽了回去。我正在考虑适当的词语,青木美智子又伸手握住了我的手。我一直认为她的手臂纤细柔弱,但在窗户透出的微光的映照下,她的手却略显不同。同时,我在灯下看到了自己的手,差点儿叹出气来。和初中时代相比,我俩的手都变了,那是两双四十出头的男人和女人的手。我突然想起以前也经历过这样的场面。"别管这么多。"我总是对坐在身边紧握住我的手的女人说,"没有什么可悲伤的,我们现在能呆在一起,这不就足够了吗?当然,我也知道我们不可能总是厮守在一起,有时也要分开。有一个叫葛丽泰·嘉宝的女演员,据说她在临死前说过这样一句话:自己一生见到的最美好的景象,就是手拉着手在黄昏中散步的老夫妇。不过,现在想象这些也没有必要,缠绵的时光,激情的快感,除此之外,现在不要去胡思乱想。向往幸福的晚年而错过现在的大好时光就太傻了……"不过,这种话我对青木美智子说不出口。因为和其他中年女人的恋情相比,我和这个女人曾经共度过了一段少年时代的美好时光。我如果说出刚才那句话,语言会顿时变得苍白无力,就像刚才那封信中的甜言蜜语一般,其命运只能是作为法庭上的证据。

"这下你能理解你在我的心中，或者在嘉子的心中的分量了吗？"

青木美智子紧紧攥着我的手，当她问我这话时，我只是不停地点着头。

我们在夜深人静的酒店大堂里等出租车。我们要先乘豪斯登堡的环游出租车，在偏门下车，再换乘普通出租车。时间已经是深夜一点钟，酒店的前台服务员十分礼貌地从我和青木美智子身上避开了目光，我们的身上一定飘散着异样的气息。这和在床上做爱之后我所嗅到罪恶的芬芳有所不同，那是一个小时以前的汗水和体液以及二十多年前的回忆交织在一起形成的特别的秘密。大概我们给服务员带来的是两种不同的印象，也许我们看上去很幸福，同时也很寂寞。

"甜食，吃的是什么来着？"坐上老式出租车后，青木美智子问道。我没有想起来。

"特别好吃，很可惜全忘了。你不觉得甜食很奇怪吗？"

"什么呀？"

"最后端上来的那道菜叫什么来着？"

"你指的是主菜吗？"

"对，吃完之后，心舒气爽十分满足，就在这个时候，你听到小推车的声音，上面摆放着各种点心、蛋糕，还有冰点，你就会突然感到特别兴奋，是不是？啊，你是男人，可能感觉不一样。"

"不是，吃完主菜之后想吃甜品的习惯，男人也一样。"

"见到小推车上的甜食，就会全部忘记刚才吃的所有的菜，心里特别激动，你不觉得这很奢侈吗？我从来没有经历过这样的事，夸张一点说，正当你一门心思想吃点什么的时候，你可以从小推车上随便挑选，想吃的东西摆满了一车，你可以随心所欲地选择，不是吗？这实在太奢侈了。"

青木美智子喋喋不休地谈着甜食，像一个小孩子那样手舞足蹈。即使是初中时代，我都没见过她这么兴奋。

从老式出租车下来，她才平静下来，对我说："你的生活总是这种感觉吧？是不是总像挑选甜食一样总那么令人兴奋？"

"其实并不是总有那么多美好的选项……"听我这么说，她乘上普通出租车时，竟毫不顾忌司机在场，主动伸过头来接吻，分开时说道："你一定、一定要那么生活下去。"

我们的舌头缠绵在一起，我感到青木美智子的口中散发着一股甜蜜的味道。我这才记起她吃的是蜂蜜口味的冰淇淋，我刚想告诉她，可惜出租车已经飞驰而去。这次，青木美智子没有询问下一次是否还能见面。

最后一夜

Sauté de yariika "Le Duc"

勒迪克风味香煎鱿鱼

先将菠菜叶同芹菜叶、百里香、茴芹混合在一起，用黄油煎熟，
置于烤熟的油酥饼上。将鱿鱼放入锅内，用橄榄油、蒜味黄油煎熟，
在蔬菜上配上嫩葱细丝。沙司是由胡葱、白葡萄酒、葡萄酒醋煮沸，
加入鲜奶油、蛋黄特制而成，浇在鱿鱼上。
普罗旺斯特色十足的前菜。

◇◇◇◇◇◇◇◇◇◇◇◇◇◇◇◇

回到东京后，青木美智子的身影便渐渐淡出了我的记忆。并不是我忘记了她，而是我感觉有些麻烦，尽量避免想起她。

　　随着岁月的流逝，人们理所当然会失去一些东西。那不仅仅是皮肤丧失光泽，肌肉松弛失去弹力，眼睛牙齿变得衰老。其实不应该说是失去，说离我们远去也许更为恰当。以前自己设想出一种游戏时，只要和朋友商定玩的时间和地点就会兴奋得彻夜不眠。当我故地重游，来到小时候上学的校园和玩耍的空地时，我都会感到十分吃惊，因为那里比记忆中要狭窄许多。与少年时代相比，现在要感受那种孩提时代的兴奋，需要花费很漫长的时间。

　　我写小说也制作电影，但从搜集素材到完成作品则要花费几年时间，我基本上无法享受创作的乐趣。其中充满了烦躁、郁闷、不安、紧张、某种忧郁，以及克服这些情绪的强劲的毅力，所以无法享受创作带来的快乐。尽管如此，为了重新获得幼年时代体会到的亢奋，以及接受世人祝福的欣喜，必须忍耐着时间的煎熬。只有忍耐，才能获得欣喜。一级方程式赛车手在卡丁车赛场上获得冠军绝不会欣喜若狂。

恋爱也略有相似之处。恋爱是一种社会性的性爱游戏，根据各人的年龄和经验的不同，内容也有所变化。年轻时在迪斯科舞厅和异性萍水相逢欢娱一夜就心满意足，但不久便不满足于此，开始追求人生故事、美好时光、春药以及香槟美酒。不久，随着体力的消磨，精神上也陷入一种难以忍耐的徒劳感。

青木美智子似乎代表了所有这一切。在初中，她是高不可攀的天鹅肉，她只要看你一眼微微一笑，你就会感觉四壁生辉。二十多年后不期而遇，虽然同床做爱，但并没有占有她的优越感。

古语说：人生终有了却夙愿时。思念斯人数十载，一朝得以实现多年梦寐以求的夙愿，欣喜若狂，即死无憾。经常会听说这种故事，但那些都是胡说八道。人经历十年的蹉跎岁月就会变成另外一个人，无论是自己还是对方，在身体和社会两方面都会发生变化，其间会与其他许多人相识。无论男女都有一个共同的理想，就是能和值得尊敬的人进行肉体上的性爱。所以，世上根本不会存在那种为企盼和某一个特定对象一夜同衾而无限等待的人。

我和青木美智子都已经变成了另外一种人，我俩心怀初中时代尚未涉世时候的美好记忆，相拥于床榻之上，我获得了兴奋，她也达到了高潮，在自责的同时，也体味了欢愉。但我知道这仅仅是幻想，我们的快乐如一潭积水，缺乏活力。我并不期待能留下甜美的记忆，也根本不想在生活中追寻往昔记忆。

青木美智子给我打过三次电话，每次的对话都大致相同。

"什么时候能见到你？"

"最近比较忙，过一段一定去找你。"

"我等着你。"

最后一次电话的两周之后，我正巧有事要去豪斯登堡。

我和青木美智子像过去一样，约定在欧洲大饭店的大堂见面。

"最近还好吗？"

青木美智子身着颜色鲜艳的套装，腿上套着黑色长统袜，佩戴着珍珠项链。可能是因为有点儿疲劳的缘故，她的穿着让我有些伤感。即使夫妇都有收入，一个要抚养孩子的四十多岁的家庭主妇也不可能买得起这么昂贵的珍珠项链，那个首饰让我这个好色小说家都感到吃惊。青木美智子肯定是刻意打扮了一番，她的穿着有别于参加同窗会或者是婚宴。她见到我，立即露出满脸的微笑。

见到她油然产生出一种伤感的缘故，大概是我的身心比较疲惫。记得大门乐队的名曲中曾经唱道：当你来到陌生的地方，周围的人看上去都很古怪。我觉得吉姆·莫里森的诗句道出了人们的内心境界。比如如果有人觉得沙漠黄昏的景色十分浪漫，那么这个人也处在心情舒畅的环境，对于饥寒交迫濒临死亡的人来说，沙漠的黄昏仅仅是一幅残酷的幻影。

"一般。"我回答说。

"一般是什么意思?"

青木美智子嘴边仍然挂着微笑。我们走到大堂，在沙发上落座。

"精神不太好。"

"是不是生病了?"

青木美智子紧盯着我。看着她的表情，我想起了她初中时代的模样。面对这张脸，我无法像在东京的酒吧里对陪酒女郎那样随意撒谎。

"不是生病。"

"我看你气色蛮好的。"

"从前我身体很好，但是现在不行了。"

"从前是什么时候?"

"三十五岁以前吧。"

"差不多是职业棒球手考虑引退的年龄。"

我们从欧洲大饭店步行到"爱丽达"餐厅，路上两个人都默默无语。

踏着运河沿岸的石板路缓步前行，西边的天际还略微映现出橘红的晚霞。在这个地处九州西端的人工建造的欧洲风格小城里，夕阳落山的时间也比东京要迟。步行在石板路上，我突然想起那天晚上激情在胸中荡漾时的情景，但我仍然没有说话。

坐在"爱丽达"的酒吧里，我们先品味了皇家基尔香槟酒。干杯之后，青木美智子笑着说："我实在太喜欢这种酒了，可惜在其他的地方喝不到。如果你身体不好，真让人担心。"

"不必操心，我已经不是二十八岁或者三十五岁的小伙子了。这是自然规律，岁数不饶人。"

"不过，你比其他老同学看上去年轻，在市政府工作的同学看起来已经是不折不扣的中年人了，浑身都开始发皱了。"

"别人总是这么恭维我，我觉得没有实际意义，我不喜欢。"听我这么讲，青木美智子模仿着我的声调，说了一句"我不喜欢"，然后咯咯地笑着。

"你笑什么?"

"听你说这句话，让我想起我们上学的时候，真是开心。不知为什么，你生气的时候，现在和从前一点儿都没有变。"

"我不是那种爱生气的人，不过，我能理解你的意思。"

"你是不是也有忍耐不住的时候?"

"当然有。"

"喂，我问你，为什么不喜欢人家说你年轻?"

"因为那是在撒谎!"

"撒谎?"

"我并不是说人家对我撒谎,我是在讲实际道理,说我还年轻本身就不是事实。比如说,有些上年纪的人总是说自己还没到服输的年龄,或者说自己无论到多少岁都永葆青春,当然老人里也不乏有体格健壮的人,但越是这么夸口的老人越是知道自己已不年轻,体力绝对不如以前。一个人如果不是喇嘛或者瑜伽道士,体力肯定要随着年龄下降,你说对不对?上了年纪就会变得衰老丑陋。"

"你说得也对。"

青木美智子脸上的笑容消失了,她低垂着眼帘,似乎在思索着什么,手中的酒杯也放在了桌子上。她有可能在担心这话是说给她听的。"我说人上了年纪就会变得衰老丑陋,并不是说你。"记得从前有一次,现在已经忘记了她的名字,我整个晚上都在跟一个哭天抹泪的女人解释。有的人会觉得年轻的女人好,但我不是那种人。如果年轻就绝对好的话,天下的男人不都喜欢小孩子了吗?!当然,也有的女孩既年轻身材也好,老实说那样的女孩如果站在我的面前,我也可能动心,但那并没有多大意义,重要的是我和你共同度过了这几年的美好时光,当然其中也有些是梦幻,也有些是失望,你现在这么痛哭,也说明我们并不单纯只有幸福时光,虽然我们不能形影相随,但我们共同携手度过了几年。我并不嫌弃你脸上的皱纹，你的肌肤。你自己也许很在乎这些，但我很喜欢，因为这些是我们共同度过的岁月的印证……这就是我对那个哭泣的女人说过的话，这些不是谎言，是我充满辩解的语言。

"菜上来了。"听到青木美智子这么说，我才发现侍应生已经站在我的身后。侍应生端来前菜，但看到我表情严峻沉默不语，便不知所措地站在那里。"勒迪克风味香煎鱿鱼。"侍应生声音洪亮地说着，将盛着精美菜肴的盘子摆在我们面前。

"勒迪克是什么意思？"听到青木美智子提问，侍应生回答说："这是本店厨师长最初学艺的餐厅店名。"刚来这家餐厅的时候，青木美智子十分不习惯这里的气氛，尽管没有表现出坐立不安或呆若木鸡那样的表情，但至少没有向侍应生提问的自信。我对于现实中的青木美智子的了解其实仅此程度而已。

一小块油酥饼上装饰着菠菜和香煎鱿鱼，上面还配有少许的葱丝。一口就可以全部吞下。菠菜里飘散出芹菜和百里香的清香，葱丝也在舌头上留下宜人的刺激。虽然油酥饼、菠菜、鱿鱼以及葱丝同时吞入口中，但滑落到胃里之前各自味道分明，决不混淆，就好像欣赏短笛、长笛、中音长笛、低音长笛的四重奏一般。我不由自主地低声叹道："佩服！"青木美智子惊讶地注视着我的脸。

"我在胡思乱想，吃了这道前菜就心情舒畅了。"

"胡思乱想什么？"

"没什么，就是年纪啦，还有其他鸡毛蒜皮的小事。"说着我向她略微一笑。其实我脑海里思索的是：眼前的她虽已徐娘半老，但仍然美貌迷人，我们不但共享美好的回忆，最近还度过了令人难忘的时光。

Médaillon de truffe fraîche et pommes de terre

鲜嫩松露 配香草烧焗马铃薯

松露切片，加橄榄油轻炒，添加精盐和胡椒，注入马德拉葡萄酒，
煮熟。新马铃薯切片，加黄油煎至金黄上色，
放入香芹茎和鸡汤，文火炖煮。
这道菜的特色是大地里孕育出的两种蔬菜搭配绝妙，口味圆润。

◇◇◇◇◇◇◇◇◇◇◇◇◇◇◇◇

"刚才你谈年纪时怎么那么冲动？"

青木美智子面前的香槟酒杯已见杯底，她的面颊泛起了红晕。

"我很冲动吗？"

"是的。"

"我没感觉到那么冲动……"我翻看着桌子上的菜谱说道。今天的菜从"勒迪克风味香煎鱿鱼"开始，接下来是"鲜嫩松露配香草烧焗马铃薯"、"特产番茄浓汤配法式焖蛋"、"法式烤五岛湾特产伊势龙虾配紫甘蓝"，单从菜名很难想像具体是什么菜，与其说是菜肴不如说是美术或音乐作品。如果在每道菜后面加注克歇尔编号 K 或者巴赫作品目录 BWV 就更加完美了。

"是很冲动，或者说是竭尽全力。"

"竭尽全力？"

"是啊。你说你自己老了，我想起你以前的样子。"

"竭尽全力可不是好词。"

"为什么？"

"就好像头上缠着布条，上面写着'加油'，满头大汗在工作的样子，我可不喜欢那样。"

"我说的不是那种。"

青木美智子的香槟酒已经喝光，我让品酒师挑选了一瓶白葡萄酒。我不知道哪种白葡萄酒适合鲜嫩松露和番茄浓汤，这些还是交给可以信赖的品酒师比较好。我觉得越是研究就越是力不从心，特别是欧洲的文化艺术，年届不惑以后，我已放弃了努力。对于法国、意大利和德国的葡萄酒、西餐、音乐、绘画等代表的文化艺术，我再也不奢求精通，品尝一道菜肴也无心询问材料和烹调技法，买来新星演奏家出版的莫扎特 CD 也不阅读解说资料，使用光碟欣赏电影也丝毫没有兴趣查阅导演的简历。对于这些知识的兴趣一般都和年龄有关。我刚才对青木美智子说自己已经不是二三十岁的年轻人，这并不是说自己日暮途穷，衰老无力。我很早就进入文坛，活了四十年，对于自己的精力、时间和体力了如指掌，如果目前有最紧要的工作，我可以估算出所需的精力。自己的能力并不是无限的，欲望过多会产生一种焦虑。凡事都有主次，忍耐是必要的，不可能满足所有的欲望，这就是我说的年老的意思。我对青木美智子如此解释了一番。

"你说的让人莫名其妙。"青木美智子笑着抿了一口刚刚斟满的蒙哈榭白葡萄酒，"也就是了解自己不是什么都能做，对吗？"

"是的，大致如此。"

"现在才明白吗？"

"什么？"

"这种事情一般在年轻时就应该知道的，比如学生时代，这个也想要，那个也想买。但现在的孩子没有欲望，上次我跟你说的我家儿子就是这样。"

"你儿子没有欲望？"

"现在长崎也时兴去私塾补习，很多人都上私塾，我家孩子看见人家都去，他也想去，那只是赶时髦。"

我不由想：又在谈她的儿子。对于青木来说到底什么最重要？是她的儿子？还是和我的恋情？或者是正在打官司的那个好友的婚外恋？这些是互有关联，还是同时刺激着她的感情？我自己又是为什么和她约会吃饭呢？当然美酒佳肴应该尽情品尝，和青木约会共叙旧情也很沁人心脾，我心里也默默期待和她重温床笫之欢。其实，人做事的动机并不单纯，并不能简单地断言人是对生活心存不满才偷情的。

"现在像你当初那样的初中生已经很少见了。"

青木美智子脸颊的红晕随着蒙哈榭白葡萄酒融入体内而逐渐增长。

"应该还有。"我答道。今晚青木美智子频频举杯畅饮，也许她期待着尽快喝醉。

"你真的相信还有吗？是不是就我一个人觉得现在的孩子不一样？我有时和孩子聊天时突然感觉特别害怕，听说现在的小说里流行多重人格，是不是？"

"我也不太清楚，可能是美国小说。"

"是不是在一个人的身上同时有几个人？吓死人啊！"

"那不过是一种病，没有什么神秘的。"

"我儿子有一次对我说，他能理解那种人的心理。他一本正经地问我，如果自己也变成了那样，我会怎么办？我们上初中时没听说过有这种事，现在的世道怎么变成这样了？"

"我觉得多重人格和精神分析本质上都很无聊。"

"为什么？"

"现在心理紊乱的病人都去找心理医生治病，比如说人即使患上失眠症，总有一天也会睡着的，是不是？心理医生对你说你的心理恐惧是因为幼儿时代的遭遇造成的，这也解决不了任何问题，是不是？"

"不用说美国了，现在在日本，家长虐待孩子的越来越多，被家长暴打或者故意用打火机烧伤的孩子挺多的，他们长大了会成什么样？这些想起来都让人害怕。"

"我现在可没有精力去考虑这些孩子的问题。"

"你太冷酷了。"

"我也觉得他们可怜，但我帮不了他们，是不是？小孩子成长的时候，或多或少总会有些坎坷，有些人的伤痛会很严重，甚至再也爬不起来，但我对于别人的伤痛丝毫没有兴趣，我觉得过于关注别人的伤痛反倒是不健康的表现。"

"为什么？"

"看到别人不幸的遭遇，满足自己的现状，或者羡慕别人，悲哀自己的身世，考虑这些没有什么意义。"

"可是，你不觉得那些被打火机烧伤的孩子很可怜吗？"

"当然觉得，但小孩子都很可怜。"

"为什么？"

"小孩子无能为力，要家长养育十几年，上学要被老师监管，回家还要讨大人的欢心，得到的褒奖最多是可爱、漂亮之类的空话，从大人那里学到的是撒谎。"

"撒谎？"

"我们从小受到的教育是长大成人就要适应社会，搞好人际关系，是不是？每当要保持个性我行我素独立行事的时候就挨教训。"

"你很反感，对吗？"

"也说不上反感，我只是觉得自己有权决定自己想干的事，并有能力去干，这就是大人。小孩子没有这种能力，在这种意义上说，我当时很想长大。"

"这么说来，你那时就已经相当成熟了。"

"不，能力，并不是那个意思。"话音未落，下一道菜已经摆在眼前了。鲜嫩松露配香草烧焗马铃薯。圆形的马铃薯薄片上摆放着整齐的圆形松露。

"我还是第一次吃到真正的松露，以前只吃过松露巧克力。"

青木美智子说着用餐刀在直径三厘米的马铃薯中央切开一个小口，然后用餐叉将两种菜一同送入口中。她面颊的肌肉微微蠕动之后，低声叹道："奇妙的口味。"她面带狐疑，品尝这道菜时始终沉默不语，甚至忘记了刚才还在频频举杯畅饮的白葡萄酒。因准确的搭配与烹调而成为名菜的松露，其精美绝伦的品味让人沉默，使人的神经中枢瞬间凝固。就如同第一次试穿用精湛手艺缝制的上等面料西装一样，那是一种浓缩的温和而深沉的快感，那不是酣畅的醉意，而是絮然的觉醒。人们不会从它的香气和味道中联想出其他的境界，而是产生出与世隔绝的错觉。俄罗斯的芭蕾舞表演理论中有一个著名的科目是"表情与本质"，其大意是本质时常包含在表情之中，而有意识地将本质付诸表情则非常困难。松露的构成是本质，这种本质掠过我们的喉咙时超越了芬芳、口味、营养、口感等多种因素。即使我们囫囵吞下一个两百克的松露，也无法完全理解松露的内涵，而始终是扑朔迷离，因为它的整体都是一种本质。留在我们脑海里的是无法明确表达的一种味觉，这是一个富有魅力的谜团。那就好像是在毫无察觉中产生、爆发并转瞬即逝的性欲高潮一般，只留下探触到本质的余韵。我俩都不约而同地在内心寻找配合这种感触的话题和词语。

过了一会，青木美智子开口说道："你还记得威尔玛·戈琪（Wilma Goich）的《花语》（In Un Fiore）吗？"

我点了一下头。

"当然记得，现在有时还听呢。"

"是吗？那种老歌在哪儿能买到？"

"在意大利民歌名曲集锦之类的唱片里肯定有。"

"这里的唱片店没有那种唱片。"

"我正计划去古巴录制从前的意大利民歌名曲，里面肯定收录《花语》，完成之后，我送你一张。"

"真的？"青木美智子泛红的脸颊上放出了异彩。

女歌星威尔玛·戈琪演唱的《花语》是我们上初三那年秋天流行的意大利民歌。那年秋天，学校组织我们去修学旅行，我俩共度了令人难忘的时光，当时我们耳边听到的就是那首《花语》。

Soupe de tomate et oeuf en cocotte

特产番茄浓汤　配法式焖蛋

番茄浓汤仅由番茄、百里香、高汤炖煮而成。
法式焖蛋的做法是先将芦笋酱垫底，打入鲜蛋，放入鸡冠和鸡肝，
将容器置于热水锅内加热，然后将锅放入烤炉。
烤熟后，添加鸡汤、鲜奶油以及西洋菜末制成的沙司。
交替品尝浓汤和焖蛋可以欣赏到两种菜肴绝妙的美味。

◇◇◇◇◇◇◇◇◇◇◇◇◇◇◇◇

为期三天的修学旅行的宿营地是熊本和别府。虽然修学旅行这种传统的活动保留至今，但我们当时上学的高中认为修学旅行会影响考大学，规定只有女生可以参加。所以，每当我听到修学旅行这个使人联想起明治和大正时代的传统词语时，脑海中浮现出来的只有初中时代我和青木美智子的往事。

我们的住宿安排在熊本市内的一家日本式旅馆，那是一家似乎只能用来接待学生旅行的毫无特色的旅馆。我们参观完熊本城，黄昏时分抵达了那家旅馆，老师让我们马上去洗澡，那时距晚饭集合时间只有一个小时。我们住宿的房间里没有浴室，当地又不是温泉胜地，没有可以容纳所有学生的大澡堂。男女浴室各有三个浴池，每个浴池比家庭用的浴盆略大一点，最多只能容纳十人。一个班平均五十人，一共有六个班，男女生分别有一百五十人，必须在一个小时以内使用三个狭小的浴池洗澡，就像小学生的算术题，十个人一组，每组仅有十分钟左右，只能像监狱或者军队一样，蜻蜓点水一般地匆忙洗澡。

　　我们班男生一致决定二十个人一起挤入只能容纳十人的浴池，顿时人声鼎沸，如同开庙会似的疯闹。我们用光了浴池的洗澡水，还分别弄坏了一个冷水和一个热水的水龙头，撞碎了出入口的拉门玻璃，导致四名同学受伤，于是旅馆员工和全体教师聚集到洗澡间，连累我们全班同学受罚，晚饭后闭门思过。

　　实际上，在到达旅馆前，我们班已经被罚关禁闭了。因为班主任事先警告说："绝对不许在大街上唱伤风败俗的流行歌。"但一到熊本市区，我们全体男生就大唱特唱当时流行的情歌《情爱至深》。有的女生也乘兴随着男生一起唱，班主任老师则无可奈何地凝视着窗外，学生们打开所有的车窗，不时模仿着间奏的乐曲，扯开嗓门高声吼唱着情歌。中途，我也觉得有些过火，不过，班主任并没有发脾气，始终注视着街景，只有佐贺县的向导不时提醒我们旅馆快要到了，不要大声喧哗，但我们根本没理睬她，歌声一路反复不停，持续至到达旅馆为止。

　　我们班主任姓山中，是兼任女子垒球部顾问的矮个子数学老师。我们刚刚一片欢声笑语唱完情歌，山中便冷冷地对着麦克风说道："由于你们违约在先，今晚全体禁止外出。"那口气就好像播音员播报"明天低气压临近，后半夜会有降雨"一般，例行公事，毫无感情。

　　我心里正寻思着这回是双重禁闭，却被四个老师像犯人似的带到旅馆正门大厅，经过走廊时，四个人轮番训斥我，时不时戳我的头或打我一巴掌。其他各班的正副班长和各寝室长已经整整齐齐地排列在大厅里等待，我就像游街的犯人一样站在大家面前，被当做调皮捣蛋的学生遭到当众斥责。罪名和以往一样：身为寝室长，又是一班之长，却犯了大错，简直十恶不赦！

青木美智子至今还记得当时的细节。

"我当时吓坏了。洗澡间传来撞碎玻璃的声音，你的表情却若无其事，山中老师哭丧着脸，一直在向旅馆的人道歉，承担责任。"

"我当时并不是若无其事，我感到周围的气氛阴森可怕，心里其实十分害怕。"

"旅馆的人也很担心，都凑了过来，说打破一两块玻璃没什么关系。他们见到你挨骂，来给你解围。"

"你记得真仔细呀。我只记得山中那时可怜的表情。"

"同学们都习以为常了，但因为不是在校内而是在校外的旅馆，所以大家都有些紧张。我记得那时你和山中老师在墙角说了些什么。你们说什么了？山中老师把你拉到门口的角落，交头接耳说了些什么，突然他又打了你几巴掌，对不对？那时，你们说了些什么？"

"我并没说什么，其实我连和山中说话的事也都忘记了，是他一直在对我唠叨。"

"唠叨什么?"

"他背着其他老师把我带到旅馆正门大厅的角落,那里有一个观赏植物之类的大花盆,正好挡住大家的视线。"

"对了,有一棵柠檬树。"

"柠檬?"

"是的,树上没有结柠檬果,但花盆旁边写着'这是珍奇的柠檬树'。"

"你记性真好啊。"

"你被老师们带到旅馆正门大厅之前,我们凑在一起聊天,我开玩笑说那上面写着'新奇士'(Sunkist)。在柠檬树后面,山中老师又教训你了?"

"那时的感觉不是教训,他眼眶湿润地对我低声耳语,声音细微,只有我一个人能听到。他先说起我父亲的事情,称赞我父亲是个优秀的美术老师,而且是斗志旺盛的工会委员,是令人尊敬的人物之类,全是和我毫不相干的事。那语调就好像法官宣判死刑似的,你知道吗?对于罪孽深重的被告,法官的语调是沉着稳定的。当时我心里很不安,这家伙讲我父亲的事,究竟是想如何教训我呢?山中去家访的时候,总是最后才来我家,和我父亲一起喝酒到很晚。他上大学的时候正赶上一九六〇年的反对日美安保条约运动,那时,我父亲正好是教员工会的执行委员,因此话题投机。他讲了一通我父亲的事,热泪盈眶地说,我完全搞不懂你，我从二年级就当你的班主任，已经两年了，和你爸爸经常聊天，却搞不懂你在想什么。我努力了很久，但今天彻底死心了，告诉你爸爸，我彻底放弃了对他儿子的指导和教育，你和我的关系不是简单的班主任和学生的关系。你身为班长，本来应该沟通老师和一般同学的关系，但你多次背叛了我对你的信任和你对我的保证。我已经完全丧失了自信，公立的中学没有开除学籍处分，你尽可随意，想干什么就放开手脚干好了！我什么也不会说，再也不想管你了。但有一点，在这种公共场合，会涉及班级以外的人，希望你收敛一点，听说在这个旅馆发生这种事情还是第一次，听导游说大开车窗在市区里合唱那种歌曲，也是从来没有过的。最后说一句，这不是批评而是我对你的忠告，是我为你着想，留给你的最后一句话。说完之后，山中把手搭在我的肩膀上又说了一句，我当时也非常紧张。"

"老师说了什么?"

"不会和别人合作的人无论如何优秀也将一事无成，背信弃义的人终将成为社会渣滓！他眼眶里的泪水顺着脸颊流了下来，我不愿意见到大人流眼泪，心里觉得很不舒服。"

"那之后又挨打了吧?"

"是的，他扇了我几个耳光。"

"还说了什么吗?"

我刚想敷衍几句，下一道菜摆在了桌面上。是特产番茄浓汤配法式焖蛋，侍应生告诉我们说要将焖蛋的蛋黄挤碎之后再吃，而且浓汤和焖蛋要交替品尝。

生平第一次喝到由两种不同味道配制的汤。一个盘子上放着两个大小不同的碗，一个是鲜红色的番茄汤，另一个是浇了一层浓绿色水芹沙司的法式小盅蛋汤。我先喝一口番茄汤，然后又喝一口融合了蛋黄的浓绿色蛋汤。青木美智子用同样的方式品尝了两种味道，看了我一眼，忍不住闭上了双眼，然后像要征求我同意似的不断点着头。青木也许是因为喝光了大半瓶蒙哈榭白葡萄酒的缘故，她的双颊泛起红晕。静静地喝完了两种汤，侍应生撤下盘子，她发出了微微的叹息声。

两种浓汤的味道在口中和喉咙里撞击、交织，然后慢慢散入体内。品尝第一口的时候，番茄、蛋黄和水芹的风味刺激着大脑中枢，但品尝到第二口时，就无法用语言描绘了。材料的风味汇聚在舌尖上，味觉和舌尖的触觉凝成的快感战胜了语言。人的意识在陶醉中逐渐消融，每当搅动汤匙时，只有佳肴美味在体内融化的感觉还在延绵持续，这种感觉大概就是女人和情人做爱达到高潮时的感受吧。体内的感触器官受到某种刺激，产生快感融入体内，形成语言无法形容的陶醉和恍惚，随后就是高潮冲动的余韵和喘息。我沉思冥想，觉得这种感觉简直就和做爱一样，于是沉浸在激情洋溢之中。青木美智子不停地舔着嘴唇，朱唇湿润，口红显得愈加鲜艳，浓密的卷发也越发光彩四射。"对了，是头发。"我不由自主说道。

"什么？你说什么？"青木美智子右手托着酒杯，头略微右倾，似乎在讯问我究竟讲的什么。

"你的头发。"

"你说什么呢？"

"刚才说的，你不是问在柠檬树后面我又挨山中打了吗？"

"哦，是那件事啊，一喝汤就忘光了，你还记得啊？"

当时，在熊本旅馆的门厅，山中老师眼里噙满了泪水对我说："我算看透你了。"听着山中说话的时候，从柠檬树的枝叶间，我看到了青木美智子。各班班长和寝室长都背对着我，整齐地列队站好，青木美智子湿漉漉的秀发格外显眼，吸引了我的目光。她也许是洗了澡就匆忙来集合的，刚洗好的头发还未干。我感到不可思议，为何会对她湿漉漉的秀发怦然心动。

我想改变话题，便对山中讲了。

"什么？"

"我说青木的头发湿漉漉的，很好看。于是他默不作声地一巴掌打在我的脸上。"青木美智子听后显出惊疑的表情，然后朗声大笑起来。

Rôti de langouste de Goto aux choux

法式烤五岛湾特产伊势龙虾 配紫甘蓝

龙虾切成两半，加精盐、胡椒、橄榄油、蒜、龙蒿，置于烤炉烧烤。
圆白菜煮后，以黄油和高汤爆炒，装盘垫底。放入烤熟的龙虾，
虾头上装饰烘干的龙蒿叶，虾身上摆放新鲜龙蒿叶。
沙司由精选波尔多葡萄酒制成。
山珍海味交汇于一盘，精华竞相绽放。

◇◇◇◇◇◇◇◇◇◇◇◇◇◇◇

仅仅看到女孩浴后湿漉漉的秀发，为何会那么怦然心动呢？早已忘记的往事在品尝佳肴中重新浮现在脑海之中。

　　"那之后，我们俩一起去了老师那里，你还记得吗？"

　　我点了点头。那种事儿怎么可能忘记。当正副班长和寝室长的集合结束以后，我把副班长青木美智子和其他寝室长召集到一起，对他们说："我怎样都无所谓，但我无法接受全班禁止外出的处罚，我和青木现在就去求山中老师，大家也都帮帮忙。"没有人对此提出异议，如何解决这个难题，大家都对我深信不疑。我胸口怦怦地跳着，对着秀发未干的青木说："咱俩去找老师吧，我们来担这个责任，不就行了嘛！班长承担责任，让其他同学能够外出。"

　　"是啊，那时候我觉得你真是个男子汉。"

　　其他的寝室长也都用激动的目光注视着我们，我和秀发湿润的青木一起走去老师们的房间。

我们并肩走在旅馆清洁明亮的木板走廊上，我对青木自责说都是我一个人不好，连累你也受罚，真是抱歉之类的客气话。记得青木美智子低声答道："只要大家能外出就行。"

　　"我那时觉得自己好像是一个殉教者，心中七上八下忐忑不安。"

　　就这样，我们俩就像殉教者一般，俨然一副甘愿牺牲自己拯救大家的样子，表情肃穆，来到老师们的房间门前，用镇定的语气说："我们有话想和山中老师说。"我向老师们的房间里偷望了一眼，山中老师在角落里茫然若失，没流眼泪，但在那里一边吸烟，一边对着天花板发呆，身边横放着写有"女子垒球部"的塑料袋，行李好像还没整理。"山中老师，矢崎和青木来了，说是找你有话要说……"听别的老师这么一说，山中的脸马上又绷紧了。

　　"说实话，那时我真是佩服你。"

　　我弯腰深鞠一躬，说道："十分感谢您给我们一个申诉的机会。"山中表情诧异，但脸上露出一丝笑容。在其他老师面前，他少许恢复了班主任的尊严。我凭直觉感到有机可乘，便继续弯腰俯首，语调悲痛地讲道：

　　"理所当然，这次事情责任全部在我，青木因为是副班长才一起过来的，但错全在我。刚才我看见吉村在那儿哭得很伤心。老师，他好像答应过奶奶要给她老人家带回熊本特产的糖水花跳鱼罐头。吉村奶奶是有明地方的人，特别喜欢吃糖水花跳鱼。吉村从小由奶奶抚养长大，觉得不能给奶奶买回糖水花跳鱼，所以特别难过。我是个不懂得这种诚实和感情的人，但肯定班里其他同学也像吉村一样有很重要的事情，期待着要外出买礼物，而我，身为班长，不但没有管理好全班，反而带头捣乱，造成全班同学不能外出。老师禁止我们外出是正确的，但是，我有一个请求，其他人都没有错，就让我和青木代表全班反省，允许其他同学外出，即便是三十分钟也好……"听了我这番话，山中的脸上可谓五味杂陈。我为了让其他老师听见而故意提高声调。

山中极力隐藏着洗刷耻辱后的内心喜悦，尽量在脸上露出不能完全信任我的表情。"我是不会这么简单就被这家伙的话哄开心的，至今为止我已经被欺骗多次了。"山中老师肯定在心里如此告诫自己，所以他在犹豫该如何对待我。这时，青木用略微颤抖的声音说道："请让女生也外出三十分钟吧，责任由我来负。"

"你是第一次对老师讲那种话。"

山中用低微的、但充满胜利喜悦的柔和语调说："我再认真考虑一下，吃饭的时候告诉你们结果，你们转告大家耐心等待。"我低头应声，又反复数次鞠躬行礼之后才退出了房间。

我和青木两个人到各寝室嘱咐大家，现在是能否解除禁闭的关键，所以无论是饭前还是吃饭的时候，都要像生病的老太太一样无精打采地低着头，更不要交谈。我还特别告诫吉村，如果吃饭前还没有解除禁闭，那么即使听到开饭的号令也不要动筷子，可能的话装出痛不欲生的悲伤表情，最好能哭出来。他听了笑嘻嘻地说："交给我吧。"果然，最终打动中山的还是吉村。

"三年级二班的同学注意！"吃饭之前，山中说道，"矢崎和青木两位正副班长请求我解除禁闭，我也认真考虑过了，但你们是初中里最高年级的学生，对自己的行为要负责任，因此决定今天晚上还是禁止外出。"

我事先已经嘱咐大家，即使山中坚持吃饭前不解除禁闭也不许吵闹。二班的学生没有一个人发出嘘声表示抗议，而是垂头丧气一言不发地开始吃饭。其他五个班的学生兴高采烈，大口咀嚼着味道平淡的汉堡饼和通心粉色拉，我们这里的沉默和寂静十分引人注目。最叫绝的还是吉村的表演。所有的学生都穿着体育课的运动服当做睡衣，吉村不能参加体育运动，身穿自己带来的和服浴衣。小儿麻痹症、小儿结核、流行性脑炎是五十年代危害儿童健康的三大疾病，吉村全都感染过，而且他还从树上掉下过三次，被汽车撞过两次，刚刚十四岁的孩子，身体如同七十多岁的老人一般骨瘦如柴，浴衣前襟敞开，露出瘦骨嶙峋的胸口，上面显现出一道长长的手术后留下的伤疤。羸弱多病的吉村沮丧地低着头，毫无动筷吃饭的意思。其他班主任担心地说："怎么啦，吉村？不吃一点，身上会没劲的。"但吉村只是面带悲伤地轻轻摇头。

我们终于取胜了。老师们经过短暂的协商，在晚饭还没结束之前便宣布解除三年级二班的禁闭。

"那之后，我一直不明白为什么你会说那句话。"

禁闭解除之后，我凑到青木美智子的耳边低声说："我们俩承担责任吧。""为什么?"青木美智子表情诧异。

大家兴高采烈离开旅馆之后，我和青木美智子坐在旅馆正门大厅的沙发上，自发地开了一个"检讨会"。名义上是检讨会，但对我来说只是浪费时间。"不在车里大声合唱情歌；遵守集合时间，提前五分钟到达集合地点；遵守导游小姐的指挥；不挑逗导游小姐。"我们讨论着这些规则，青木美智子在笔记本上记录。这时山中路过大厅，见到我们在开检讨会，便说："这次矢崎总算明白了，你们俩也到外边走走。"说话时他的脸上浮现出教师特有的满足感。

我们俩漫步在夜幕笼罩的熊本市的大街上，我虽然年仅十四岁，但已经亲身体会出一个经验，只要冷静判断并采取周密的行动，就可以达到目的。我的愿望当然是和青木美智子单独外出。

"听说吉村在等你呢。"

我不能不管吉村，能够外出多亏了吉村帮忙。吉村十分兴奋，一直等着我，就好像上次一起进入成人电影院时一样。"阿健! 阿健! 我找到一家时髦的夜店，咱们一起去吧。怎么样? 青木也一起去吧。"

那家夜店在贩卖特色小礼品的商店街的后面，名叫"曼哈顿"，粉红色的霓虹灯在夜空中闪耀。

"进那家夜店需要胆量。当时我明白了你一点儿都没有悔改的意思。"

那家夜店很奇特，招牌在一楼，店门却在二楼。楼梯、店门以及店内灯光都十分灰暗，店内十分狭小，只有一个柜台，冷冷清清的，没有其他客人，透过窗户可以看到街景。

原以为会被看出是初中生而遭到拒绝，店老板却盯着我和青木以及吉村，问我们要喝些什么。店老板看上去比较和善，于是我们就点了菜单上的鸡尾酒"曼哈顿"。我已经忘记是什么味道了。

"那家店真是不可思议，一直反复播放着那首《花语》。"

青木美智子品尝着龙虾说着。我始终沉浸在对那个夜晚的追忆里，甚至没有注意到已经摆在面前的龙虾。餐盘里，圆白菜上摆放着热气腾腾的龙虾，飘散出浓烈的醇香。在圆白菜的香甜气味萦绕中，龙蒿的香气格外诱人。烤熟的龙虾头上装饰着烘干的龙蒿叶，龙虾身上摆放着新鲜的绿色龙蒿叶。龙虾本来不宜添加浓烈的香料，圆白菜香甜的气味融合了龙蒿芬芳的气息。我感觉龙蒿的醇香似乎象征着隐藏在甘美的气氛中的强烈意志。

熊本的那家夜店里挂着一幅纽约曼哈顿的彩色照片，照片印刷在半透明的塑料板上，用荧光灯管从背面照亮。在灯光幽暗的酒吧里品尝着甘美的鸡尾酒，左手是年轻貌美的初恋情人，右手是受尽病魔伤痛折磨的好友，耳边回响着缠绵伤感的意大利民歌《花语》，我们三个透过窗户看见山中等两三个老师走过下面的大街，嬉笑着骂道："大傻瓜!"我注视着荧光灯映出的纽约曼哈顿的摩天楼群，心想总有一天我要阔步走在那个摩天楼的街区。

当上小说家之后，我马上就去了纽约。到达肯尼迪国际机场，乘出租车穿过铁桥，目睹摩天楼群的时候，我的脑海中突然浮现出了熊本的那家夜店。至今我已经往返纽约多达百次，但每当在皇后区和曼哈顿之间的铁桥上见到摩天楼群时，我总是不由自主地想起在熊本那家夜店看到墙上悬挂的照片时的情景。此生一定要去纽约并不是某种强烈的欲望，而是人生的约定，其中蕴藏着一种坚定的意志。总有一天我一定要阔步走在那个摩天楼的街区，这并不是源于内心中的自我，而是比自我还要强大的力量要将自己带到那个摩天楼群中，那种力量就像类似预感的意志力。我想到这些，想告诉青木美智子，但欲言又止。青木美智子因喝了蒙哈榭白葡萄酒而面带红晕，品尝着极品烤龙虾，那张保留着当年青春魅力的桃花粉面上绽开了美丽的笑容。

她还从未见过真实的曼哈顿。

Salade de canette de France "cheveux d'ange" de légumes

法国乳鸭沙律 配天使蔬菜拼盘

乳鸭烘焙后，鸭胸切成薄片。鸭腿去骨，上烤炉加热后切成三片。
调味汁使用烤鸭渗出的汤汁，加入法国白兰地和马德拉葡萄酒，
再添加葡萄酒醋、核桃油、鸡肝酱，同鸭肉搅拌均匀。
在盘中的鸭肉上摆放香草、白萝卜、胡萝卜丝，倒入调味料即可。

◇◇◇◇◇◇◇◇◇◇◇◇◇◇◇◇◇

在"爱丽达"餐厅吃完晚餐，我们和两个月以前的那个夜晚一样步行回到欧洲大酒店面向运河的那个房间，互相轻吻之后坐在沙发上，青木美智子突然说道："有件事要跟你说。"她的语气并不十分急切，好像是突然想起什么，就顺便说出来似的。

"我们这样见面就到此为止吧。"

我正在喝清凉饮料，感到味道都变了。

"为什么?"

"你就别问了，求你了！我也是考虑了很久才下决心的。现在几点了？我今天没有戴表。"

"刚过十点，要回家吗?"我简直无法相信。为什么现在突然说出这种话来？为什么决定不再见面了？晚餐中是不是我说了什么让她感到不愉快？是不是无意中伤害了她？是不是因为上次的事？各种思绪萦绕在脑海，我感觉到自己有些惊慌失措，我不明白为什么自己会如此沮丧，全身乏力，瘫软地坐在青木美智子对面的沙发上。青木美智子似乎也察觉到我的脸色突变。

"你怎么了?"

"我自己也不知道。"我看了她一眼，"我自己也不知道为什么，心里很失落，是不是我说了什么? 做错了什么?"

"不是，不是，你别误会! 是我自己决定的，你没有做错什么。"

我叹了口气，没有做声。

"我知道，你即使不和我约会，周围也有很多年轻漂亮的小妹子，你没有必要和我约会，应该多和年轻漂亮的小妹子见面。"

"你这是说的什么话!"我反驳道。此时我还不知道青木美智子为了掩盖内心的悲伤才说出那种调侃自己的话。

"我在做自己想做的事! 我想见你才来见面，想一起吃饭才给你打电话。你刚才说的应该多和年轻漂亮的女孩子见面之类的话，听起来好像是不愿意见我。"这么说着，我在内心里自问:你真感到失望吗? 你有自己的家庭，并不缺少吃饭约会的朋友，拥抱青木美智子那徐娘半老的肉体时也感到过失望，虽然不知道她为什么要结束现在的关系，但可以取代的女伴很多，此次不就是失去一个初中时代老同学这种未曾体验过的女伴吗?

我自己也无法回答这些内心的疑问。

"我不知道能不能说清楚，那我就告诉你。"青木美智子低头凝视着茶几下的地毯说道。那是一张年代久远的古董地毯，这时我才发现以前没有注意到这张地毯是古董。我听青木继续说着，那声音似乎没有改变。初中时代的教室似乎就浮现在眼前，只是说的内容是已过不惑之年的女人的内心告白。

"我在想，如果这样的约会长久下去会怎样，我有些担心。你在小说里不是经常说不要胡思乱想吗？你在随笔里也写过，兴奋最重要，一想起来就会感觉冲动、愉快、亢奋，不是吗？我也懂，这些都非常重要。但是，我明白自己已经没有那种精力了。我们先在这里见面，然后回家，如果我的家也像这个酒店一样豪华，我也就没有什么不满。我说不太清楚，平时也并不是一直期待着你的电话，就好像参加了什么体育俱乐部，心里也很喜欢那项运动，但身体跟不上训练。你可能觉得我的比方不太好，大致就是这样，不好意思净说些泄气的话。"

"从前也有过几次这样的事。"我说道。真的是有过几次这样的事，我心里想。对方解释说并不是感到厌倦，只是觉得很累，再也无法忍受。每当这时，我都会告诫自己，对方已经不需要你，无论如何辩解，结果就是那么一回事，只是对方身心究竟如何疲惫，内心如何痛苦，我不得而知。只能通过想象去猜想，但我讨厌想象。

"这也没有办法。"我瞟了青木一眼，"如果你决定了，这也没有办法。你刚才问时间，如果要回去，我送你。"

"还有两个小时。"青木美智子表情严肃地答道。"两个小时。"

我低语道，然后加了一句，"和情人旅馆的约会时间一样。"青木美智子伸直了腰，注视着我，似乎在说：今天随你愿意。

"怎么样？矢崎，我们上床吗？"

青木美智子始终盯着我的眼睛。

"抱歉，刚才说话不太礼貌。"我向她道了歉，心想：我还是平生第一次萌生出这种想法，如果两个小时之后我们不是在出租车站道别，比如地球将要毁灭的话，在此之前我会和这个女人做些什么呢？我们会上床做爱吗？究竟我自己现在是不是想和这个女人做爱？我的脑海里浮现出青木美智子的乳房，想象着自己注视着她那哺育过两个孩子的成熟丰满的双乳达到高潮时的情景。

"刚才的那道主菜真棒！"我在脑海里描绘着青木美智子的乳晕，下意识地谈起了菜肴。每当交谈气氛险恶到令人不知所措，或者缺乏话题时，我都会这样。我在心里为自己辩解道：欧洲的贵族也为此提高并进化了所有词汇的表达方式和行为规范，包括菜肴。"我第一次见到主菜是沙律的正餐，我怎么也搞不懂那个鸭肉究竟是怎么做的？和那个饱含神韵的味道相比，银塔餐厅（La Tour D'Argent）的鸭子也显得平淡无奇。"说到这里，就好像刚刚吃完一般，不是在脑海里，而是在舌头、喉咙和身体内部浮现出美好的记忆。时间就好像凝缩了。那道主菜的名字是法国乳鸭沙律配天使蔬菜拼盘，细长鲜嫩的菜叶，甜美的鸭胸和鸭腿肉，还有点缀的沙律，使鸭肉和蔬菜浑然一体的调味酱汁。我从没见过如此色泽晶亮的酱汁，品尝了一口鸭肉和蔬菜之后，西餐盘上流淌着的色泽艳丽的调味酱汁，如同世外桃源中的溪流一般，清澈明亮，温柔地包容着世上不同的物质，溅起飞沫，蜿蜒流淌。

"简直不可思议。"我对青木美智子说道，"品尝那道菜会让你无法用语言表达，忘却世上一切杂念，感觉世界上只有自己和眼前这道佳肴。但是，转瞬之后会令你迷惘，你会拼命寻找刚才失去的语言表达，如果你能找到它，即使不能再现过去的时光，但你还是要拼命寻找，虽然只是很抽象的。"

"语言?"

"是的，我觉得是语言。也许是自己或者自我意识，不好意思，话题很枯燥。"

"我就喜欢你说这种话。"

"你别恭维我了，听起来不舒服。"听我这么说，青木美智子进房后第一次露出了笑脸。

"为什么不舒服?"

"我想别人会认为我有些怪。"

"怪吗?"

"是啊，不怪吗? 吃饭的时候觉得好吃，饭后还觉得好吃就足够了，还要去想什么语言之类的东西，谈失去的语言表达，还要找到它什么的，真烦心!"

"烦心是什么意思?"

"就是麻烦、郁闷的意思，我儿子经常说。"

"不是很重要吗?"

"你说什么?"

"某种重要的感情，尽力让其他不了解的人也能理解。"

"可能很重要，但我不喜欢，我自己也没办法。"

"记得上初中的时候，你书桌周围总是围着很多男生，他们都爱听你侃，什么老师的坏话啦打架的经历啦黄段子什么的，我觉得你和那时差不多。"

"我吗?"

"不是你本人没变，而是你的角色，或者说你的工作。"

"初中的时候非常愉快，你可别误会，我并不是说现在工作辛苦。你听着，本来只说吃饱了、很好吃就够了。一起吃饭的人其实说一句很好吃也足矣。我们想表达什么这种本能，实际上很可悲，很卑劣。黑熊和狮子并不是因为没有语言不能表达才是低等动物，我觉得是因为它们没有表达的必要，这回又走题了……"
我心里真的觉得有点儿奇怪。在我喋喋不休的时候，青木美智子起先托腮注视着我，后来将视线移向窗外。窗外是消失在黑夜中的人造欧洲城堡，其中矗立在顶端的是钟塔。每次看到那座钟塔，我总有一种莫名的幻觉，似乎迷失在另外一个世界里。两个月前我们缠绵之后，我走上阳台，眺望着那个钟塔，我至今仍然清晰地记起浑身的热汗逐渐消失的感受。现在，我感觉缺乏什么，但缺少的绝不是上床做爱。

"还有些话没有说。"

刚刚说完，泪水便浸湿了青木美智子的眼眶。她努力调整着呼吸，忍住不让泪水流出来。过了很久，她才继续说下去。

"大概你听了会笑我说的话很无聊，我儿子的事，还有其他的事，都是很无聊的，并不是我不想对你说，也不是不好意思，更不是我想留下美好的回忆。也许你不相信，现在如果我对你这么说，我自己也感觉很无聊。但是，我们分手后，我还得回家，回到我自己的世界，虽然并不悲惨，但总有些无聊，不过，再怎么无聊，那是我自己的事情。"

"别说了。"我打断青木美智子的话，然后坐在她的身边，搂住了她的肩膀，伸出手腕上的表，对她说，"还有一个半小时，别说这种话了……"

Léger gratin de mangues à la menthe
奶油焗烤芒果粒 配薄荷风味沙司

芒果切成粒块，加黄油和砂糖炒至上色装盘，其上另有黄油煸炒的芒果粒。
在芒果粒上配芒果冰淇淋，装饰薄荷叶，点缀少许雪利酒即成。
温热的芒果粒和冰凉的冰淇淋在口中交融。
品尝这道甜品时，舌尖感觉到的温度差留下果香余韵，令人难以忘怀。

◇◇◇◇◇◇◇◇◇◇◇◇◇◇◇◇

青木美智子紧紧握住我搂在她肩膀的手。她就像从噩梦中惊醒的孩子一样，双手牢牢攥着我的手，声音颤抖地一字一句述说我们的幽会十分愉快，上次分手之后一直在焦急地等待我的电话，企盼共享鱼水之欢，但这些都不是自己人生中最重要的部分。"明白了，你不要再说了。"我用手托住青木的下巴，转过脸想吻她，但被她拒绝了。

　　"是不是你不喜欢我了?"青木美智子问道。我略微离开她坐了下来。

　　"我为什么会说这些呢？本来没有必要说的。"

　　"什么?"

　　"你在我的人生中不重要什么的。"

　　"那是你的心里话。没什么，我不在乎。"

　　"但本来没有必要讲的。我觉得自己心眼不好，本来已经想好了说声再见，愉快地分手，对不起啊。"

听到道歉，一股莫名的感觉涌上我的心头，就如同从远处飘来一股铭刻在记忆中的香气，激荡回旋在体内深处。那是一种无法名状的生理感觉。

不一会儿，那种感觉似乎在体内迸发了。回荡在体内的感觉就如同点击某个开关一样，刹那间屏幕上展现出五彩的画面，往事的记忆浮现在脑海。那是夕阳映照下的校园，教学楼投下的阴影覆盖在操场上，一个软式棒球的皮球向远处滚动。青木美智子正在单杠和沙坑附近和朋友聊天，她捡起皮球，想扔还给我。但是，皮球飞向了另外一个方向，那时，青木美智子微笑着说道：

"对不起啊。"

画面切换成晨曦熹微中的礼堂。我和青木美智子身为班长和副班长，并排站在队列的前面，我根本没有听台上老师的训话，神经都集中在青木的身上，感觉心潮澎湃。突然，青木美智子转身时肩头碰到我的前胸，那时，我听到她轻声说：

"对不起啊。"

画面切换到教室，窗外的景色模糊泛黄，早春时节从大陆吹袭的沙尘暴遮天蔽日。青木美智子在窗前拍打着黑板擦，我在她身后猛然咳嗽起来。她察觉后立即对我说了一句：

"对不起啊。"

我记得她只说过三次。初中三年期间，青木美智子对我道歉只有这三次。但是，从"爱丽达"餐厅出来到这个房间之后，青木究竟道歉了多少次？自从上次分手之后，到今天见面为止，她大概已经反复向自己辩解了无数次。

"你究竟在干什么？"我扪心自问。我和青木美智子同班只是三年级，虽说是班长和副班长，但很少讲话。两个人一起放学回家只有两次，由于家在不同的地区，真正一起走的距离仅有五十米左右。

十五岁初中毕业后，我就追求自己的梦想，体验了各色人生，得到了各种回报。这时一种思绪充满了我的脑海：一定要对青木美智子说几句话。只剩下一个小时，我要对她说些什么？我的身心沉浸在伤感之中，几乎脱口说出"还是那个时代好"。不过，那三年的确十分特别。在那三年里，我究竟学到了什么是特别值得怀念的东西。

我认为那是人生的标准。为了达到目的可以忍耐的限度，或者说为了实现目标，可以竭尽全力从现实逃脱，或者想向谁，或者必须向谁表达什么。青木美智子就是那个目的、目标的代表和象征。她纯洁美貌，可望而不可即。我在初中通过青木美智子理解了，在现实生活中确实存在这种目标。我从中体会到了人生的标准。

"矢崎！"青木美智子叫了我一声，"喂，矢崎！"

她抓住胳膊摇晃着我的身体。"我没事儿。"我答道，"没事儿，我在想事情。"

"吓死我了，你突然愣神了。"

"我突然想起了许多过去的事。"我站起身来，从冰箱里取出一瓶啤酒，喝了一口，问道："你喝吗？"青木美智子摇了摇头。我拿着啤酒的小瓶和杯子，坐在青木的身旁。

"你总是像刚才那样吗？"

"如果总是那样，那不就有病了吗？"

"你吓死我了。我见过和人生闷气的，或者受惊吓的人，但是……"

"我怎么了？"

"你的眼神不对，眼睛看着我，但心思不知去哪儿了。就好像有人说的那样，什么魂不附体，灵魂脱离身体在空中漂浮。"

"是灵魂出窍吗？"

"对，就是那种感觉。"

"真糟糕！"

"你想什么来着？"

我对青木美智子坦白道："你的道歉勾起了我心里的往事，让我浮想联翩，当年的记忆浮现在眼前，重叠交叉，因此胡思乱想着初中时代的旧事。幼儿园和小学时代，记忆模糊，身体也弱小，没有什么行动能力，而高中时代则开始步入成人社会，要收集人生的信息。相比之下，我觉得初中时代是一个特殊的时期。偶尔会出现这种情况，某种偶然的事情，比如听到某一句话、看到某一种动作或者什么风景、听到一首歌曲或者看到一部电影，会突然联想起来，我那时一般都是脑海里浮现出图像，然后就是某种预感或者先兆，也就是预感到会遇到什么新的事情，当然，那不是发现什么新的东西，只是察觉到而已。以前储存在自己身体里的信息会经过处理，重新排列。"

"好像推理小说里察觉凶手一样。"

"是啊，你记得今晚的甜点吗？"

"是什么来着？"

"加热后的芒果粒上配芒果冰淇淋，芒果的味道当然很重要，加热的芒果和冰淇淋在嘴里融化的温度差好像都是经过仔细计算过的。"

"我想起来了，从来没吃过芒果，不知道是什么东西，但嘴里能尝出水果和冰淇淋混合在一起的味道，说不出是什么感觉。"

"是不是有点儿淫秽的感觉？"听我这么一问，青木美智子羞涩地点了点头，移开了视线。我们大概同时想起了上次约会的床第之欢，在与平时不同的场合拥抱重叠，水乳交融。就如同热带雨林孕育的浓密香甜的果肉和冰淇淋在舌尖上交汇一般，我们两人在情爱之中不知不觉中和并消融了诸多往昔的恩怨。在翻云覆雨中，一些消失的记忆现在又飘回至这个房间里，回荡在我们之间。"时间不多了。"我提醒她说。还仅剩三十分钟。

"如果你知道三十分钟后地球就要毁灭，你会干什么呢？"

"就我们两个人吗?"

"是啊,你还会做爱吗?"

"我不愿意在高潮时死去,同样也不想在猛烈的拥抱中死去,更不想沉浸在幸福的余韵中死去,而且这种时候怀孕也没有意义,避孕也没有意义。"

"是的,我也觉得不会去做爱。"

"如果我是歌星,我会为你唱一支歌,如果我是钢琴家,我会为你弹一首曲子,能做这些的只有音乐家,而且必须是接受过训练的音乐家才行。"

"如果你是和家里人,也就是世上最重要的人在一起的话,你会怎么办呢?"

"大概会聊天,各自品尝自己喜欢的饮料,先讲几个自己的美好回忆,确认自己和家人度过了快乐充实的时光,那段时光不是独自一个人,也不是和其他的人,而是和现在聚集在一起的家人共同度过的,这是任何东西都无法代替的,也比任何东西都有生存的实感。"我说话的时候,青木美智子始终注视着我,然后她垂下目光,低声问道:

"过去有过很多次这种事儿吗?"

"什么?"

"还有三十分钟地球就要毁灭时可以想起来的美好时光,从前有过很多吗?"

"我的生活可以说一直都是美好的时光。"听我这么说，青木美智子大笑起来。

"怎样才能这么生活，你教教我，行吗?"

"别人也总这么问我，我自己也不知道。我自己也没有设计和计划过，不过，我们这样见面的时候，我有时会思考应该怎么生活，偶尔还会想到吉村。"

"吉村现在还好吗?"

"不会太好，也许已经死了，即使活着也绝对不会太好。他无论是心脏、肺、胃，还是肝脏，都只有普通人的四分之一功能，根本不可能活得很好。吉村的口头禅是谁知道能活到什么时候，我和他很对脾气，经常一起四处游荡，他好像本能上就知道和我一起玩会很快乐，专找有趣的事。谁知道能活到什么时候是他的人生哲学。他就是那种人，自己挨老师拳脚的时候也在想下面要找点儿乐子。我一生都不会忘记和他一起走下坡道去看电影时的兴奋心情。"

不久，到时间了，青木美智子起身，在镜前匆匆整理了一下衣服和头发，走向门口。我站在那里，打开房门，静静地等着她。在关闭房门之前，青木美智子轻轻依偎在我的胸前，回头眺望了一下宁静空荡的房间和窗外幽暗的运河。

HAJIMETE NO YORU，NIDOME NO YORU，SAIGO NO YORU
by MURAKAMI Ryu
Copyright © 1996 MURAKAMI Ryu
All rights reserved.
Originally published in Japan.
Chinese（in simplified character only）translation rights arranged with
MURAKAMI Ryu，Japan
through THE SAKAI AGENCY and BARDON-CHINESE MEDIA AGENCY.

图字：09 - 2004 - 477 号

图书在版编目（CIP）数据

　　第一夜　第二夜　最后一夜 /（日）村上龙著；栾
殿武译. —上海：上海译文出版社，2020.7
　　（村上龙作品集）
　　ISBN 978 - 7 - 5327 - 8482 - 0

　　Ⅰ. ①第… Ⅱ. ①村…②栾… Ⅲ. ①中篇小说—日
本—现代 Ⅳ. ①I313.45

　　中国版本图书馆 CIP 数据核字(2020)第 103056 号

第一夜　第二夜　最后一夜
〔日〕村上龙 著　栾殿武 译
责任编辑/吴洁静　装帧设计/山川制本　插画师/木内达朗

上海译文出版社有限公司出版、发行
网址：www. yiwen. com. cn
200001　上海福建中路 193 号
江阴金马印刷有限公司印刷

开本 787×1092　1/32　印张 6　插页 5　字数 62,000
2020 年 11 月第 1 版　2020 年 11 月第 1 次印刷
印数：00,001—10,000 册

ISBN 978 - 7 - 5327 - 8482 - 0/I · 5213
定价：48.00 元